白《しら》子《こ》の柚《ゆ》子《ず》釜《がま》

一膳めし屋丸九㊃

中島久枝

時代小説文庫

角川春樹事務所

本文デザイン／アルビレオ

目次

一膳めし屋丸九

主な登場人物

お高《たか》◆日本橋北詰の一膳めし屋「丸九」のおかみ。
父・九兵衛が料亭「英《はなぶさ》」の板長を辞めて開いた店を、
父亡きあとに二十一歳で引き継いだ。二十九歳。

お栄《えい》◆四十八歳。最初の夫とは死別、
二度目の夫と別れてからはひとりで生活し、先代のときから丸九で働く。

お近《ちか》◆十六歳。仕立物で生計を立てる目の悪い母とふたり暮らし。
丸九で働きはじめて一年たらず。

徳兵衛《とくべえ》◆丸九の常連。「升屋《ますや》」の隠居で、なぞかけ好き。

惣衛門《そうえもん》◆丸九の常連。渋い役者顔で、かまぼこ屋の隠居。

お蔦《つた》◆丸九の常連。五十過ぎで艶っぽい端唄の師匠。

政次《まさじ》◆お高の幼なじみ、仲買人。妻・お咲との間に二人の子供がいる。

双鷗《そうおう》◆厳しい画塾を開く高名な絵師。

秋作《しゅうさく》◆双鷗画塾の画生。

作太郎《さくたろう》◆双鷗画塾に出入りする陶芸家。

もへじ◆双鷗画塾の講師。

おりょう◆英の現在のおかみ。

一膳めし屋
丸九《まるきゅう》 四

白子の柚子釜

第一話　たこは芋に、山芋は鰻に

一

夜明け前、裏の戸を開けると、朝の気持ちのいい秋風が吹き込んできた。お高《たか》は外に出て、大きくのびをした。降りつづいた雨がやんで、久しぶりの晴天だ。路地の脇に萩《はぎ》が赤紫の花をつけている。

「うわぁ、このたこ、生きているの？」

朝一番で魚屋が持ってきた桶《おけ》をのぞいたお近《ちか》が叫び声をあげた。桶の中には手の平よりも少し大きな真だこが重なり合っている。

お近はやせて小さな顔にくりくりした目ばかり目立つ十六歳で、父親を早く亡くして仕立物をしている母親とふたり暮らしだ。丸九《まるきゅう》に来てから野菜や魚の名前、料理のことを少しずつ覚えているが、やはりまだ生の魚介は苦手らしい。

「そうだよ。うっかり手を出すと噛《か》みつかれるよ、注意しな」

お栄《えい》に言われて、お近は伸ばしかけた手をあわてて引っ込めた。お栄は九蔵《きゅうぞう》がいたころから丸九で働いている独り者で、ぽたぽたとお餅《もち》のような肌をして、細い目に小さな口をしている。その口でときどき厳しいことを言う。

「もう、お栄さんったら。お近ちゃん、このたこは締めてあるから大丈夫よ。安心して」

丸九の主《あるじ》であるお高は笑いながら桶の中のたこを取り出すと、粗塩《あらじお》をふってごしごしともんで、ぬめりを落としはじめた。お栄も隣でたこに粗塩をふりかける。


丸九は日本橋北詰《にほんばしきたづめ》ちかくにある一膳《いちぜん》めし屋だ。おかみのお高は二十九歳になる女で、肩にも腰にも少々肉がついたが、きめの細かい白い肌はつややかで、髷《まげ》を結《ゆ》った黒々とした髪は豊かだ。黒目勝ちの大きな瞳は生き生きとして、はりのある声をしている。

丸九はお高の父親の九蔵がはじめた店だ。両国《りょうごく》の英《はなぶさ》という料亭で板長をしていたころは、名板前として客をうならせていたという。その九蔵が英を辞めたのは、ひとつには病に倒れた妻のそばにいてやりたかったためであり、もうひとつは働く男たちのために、うまい飯を食べさせたかったからだという。

お高が二十一のとき、九蔵が亡くなって丸九を引き継ぐことにした。九蔵のもとで仕込まれてきたとはいえ、若く、しかも女のお高のつくる料理を客たちが納得してくれるのか心配だったが、ありがたいことに店は流行《はや》り、毎日、たくさんの客がやって来る。

朝も昼も白飯に汁、焼き魚か煮魚、煮物か和《あ》え物と漬物、それに小さな甘味《かんみ》がつく。甘味はお高が店を引き継いでから加えた。自分が甘いものが好きだったせいもあるが、食後に甘いものを食べるとほっとする。忙しく働く人たちにひと息入れてもらいたいと思ったのだ。

五と十のつく夜は店を開き、酒を出す。もっとも夜も昼と同じ一膳めしで、酒の肴《さかな》はごく簡単なものしかない。

「あんたも手伝いな」

お栄はわざとお近にたこを手渡す。

「わぁ、やだ、なんだか、ぬるぬるしている。わ、きゃ」

お近は大きな声で騒いだ。

「わかったから、もう、いいわ。お近ちゃんは野菜を洗って」

お高に言われて、お近は里芋《さといも》やかぶを入れたかごを抱えて、夜明け前のまだ薄暗い裏の井戸に向かった。

開いた戸から、ひんやりと冷たい風が吹き込んできた。雁《かり》をのせて来るから、雁渡《かりわた》しと呼ぶのだと聞いたことがある。厨房《ちゅうぼう》は火を使うから暑いと嘆いていたのがついこの間だと思っていたのに、今朝はかまどの火がうれしいくらいだ。

産卵前の身のやわらかいたこは、ゆでて里芋といっしょに醬油《しょうゆ》と砂糖でこっくりと煮る。それにかぶと厚揚げの和え物、しいたけとわかめのみそ汁にぬか漬けである。甘味は栗の渋皮煮《しぶかわに》だ。

里芋がたこのうまみを含み、芯《しん》までやわらかく煮えたころ、ようやく朝の光が厨房にも満ちてきた。入り口には、店が開くのを待っている客たちが集まっている。

「お近ちゃん、のれんを上げて」

お高が言って、お近が入り口に向かう。

「いらっしゃいませ。今日はたこと里芋の煮ころがしと、かぶと厚揚げの和え物、しいたけとわかめの汁、香《こう》の物です。もちろんご飯のお代わりもあります」

お近の大きな声がして、十人も入ればいっぱいの店に客たちが次々に入って来る。

「おお。今日はたこか。やわらかいなぁ」

「そりゃぁ、そうだよ。昔っからたこに骨なし、くらげに目なしっていうんだ」

そんなことを言いながら、男たちは旺盛《おうせい》な食欲で白くぴかぴか光る飯をたいらげていく。

ざぶりと汁をかけてまず一杯、少し腹が落ち着いたところで、ゆっくりとたこを味わう。上方《かみがた》の者は明石《あかし》のたこが絶品などというが、江戸前のたこもなかなかである。

煮物と和え物で飯のお代わりを食べ、三杯目は煮物の汁をご飯にかけてぬか漬けとともに食べる。それが、朝一番の客たちの食べ方だ。

この波が去ると、お高たちの朝餉《あさげ》になる。

お高が作太郎《さくたろう》にもらった茶碗《ちゃわん》を取り出し、お栄とお近でやっぱり茶碗がいいと飯がうまいだろうなどと茶々《ちゃちゃ》をいれるのも毎朝のことだ。肝心の作太郎は今度も旅に出たまま、いつ戻るのか分からない。

朝餉がすめば、お高はもう一度だしをとり、新しいみそ汁を用意する。次にやって来るのは、ひと仕事を終えた仲買人《なかがいにん》や仕入れをすませた板前たちだ。さすがに三杯飯は少なくて、口数少なく、静かですぐに席を立つ。

昼近く、いつものように惣衛門《そうえもん》、徳兵衛《とくべえ》、お蔦《つた》の三人がやって来た。みんな九蔵がいたころからの常連である。

惣衛門はみごとな銀髪に鼻筋の通った役者顔でかまぼこ屋の隠居、徳兵衛は狸顔《たぬきがお》で丸っこい体つきの、人の好《よ》さそうな酒屋の隠居だ。お蔦は五十をいくつか過ぎていて端唄《はうた》を教えている。しぐさにも声にもなんとはなしに色香がある。

「ほう。今日はたこですか。上手に煮てありますねぇ。こんなふうにしっとりといい味に煮るのは、難しいんですよ。家じゃ、なかなかこうはいきませんよ」

物衛門が感心する。

「そうだねぇ。このごろ、歯が悪くなったけど、たこも里芋もやわらかい」

徳兵衛も目を細める。

「汁がね、いい味なんだよ」

お蔦がうなずく。三人はしばらくおとなしく食べていたが、ふいに徳兵衛が顔を上げた。

いたずらを思いついた子供のような顔である。

「お、浮かんだよ」

どうやら、得意のなぞかけを思いついたらしい。

「ほう。浮かびましたか」

物衛門が水をむける。

「ええ、たことかけて、お高さんの掃除ととく」

徳兵衛が声をはりあげた。

「はい。たことかけて、お高さんの掃除とときます」

物衛門が繰り返す。

徳兵衛のなぞかけは、店の常連にはおなじみである。厨房のお高も自分の名前が出たので、仕事の手を休め、耳をすませた。

「その心は、墨《すみ》（隅）を吐《は》（掃）きます」

店のあちこちから笑いが起こる。

本人もなかなかよくできたと思ったのだろう。得意そうな顔になった。

お高は最後の甘味の栗の渋皮煮を持って行って礼を言った。

「ほめていただいて、ありがとうございます」

「な、今日のはなかなか、よく出来ただろ」

徳兵衛は自慢顔である。甘いもの好きのお蔦は栗の渋皮煮を見て顔がほころんだ。

「うれしいねぇ。栗の渋皮煮を食べたいと思っていたんだよ。だけど、これは手間がかかるんだよねぇ。あたしは自分じゃとってもやれないよ」

「そう言っていただけると、苦労がむくわれます」

お高も笑みを浮かべた。

秋の日差しを浴びて大きく実った栗のうまみを、焦げ茶色の渋皮がやさしく包み込んでいる。歯にあたるとくずれるほどにやわらかく、ほっくりとしている。

渋皮を傷つけないように、固い鬼皮《おにかわ》だけをむくのは手間がかかる。そのあと、何度もゆでこぼして渋皮の渋を抜く。そのあと、段階をつけて、薄い蜜《みつ》から濃い蜜にかえながら甘みを含ませていくのだ。手間ひまがかかるが、それだけの価値のある美味となる。

「ああ、秋だねぇ。極楽、極楽」

お蔦はうっとりとした顔になった。

客が帰って、三人で片づけをしていると、お栄の友達のおりきがやって来た。

おりきはお栄と同じ年の四十八で、ふたりが二十五でまだ居酒屋で働いていたころからの付き合いである。

「こんにちは。お栄さん」

おりきはよくとおる声で言った。目じりがきゅっと上がったきつね顔で、頰《ほお》がふっくらとしているせいか、年よりも若く見える。自分でもそのことは分かっていて、着物も髪型も若づくりだ。

「ちょっと面白い店を見つけたのよ。ふつうの居酒屋なんだけど、食べ物がおいしいの。あんた、夜は空いているって言っていたわよね」

「言ったけどさ、あんまり遅くなるのは困るよ。明日も朝は早いんだから」

お栄は用心深く答えた。

お栄はおりきに誘われて、以前、富《とみ》くじの割符《わりふ》を買ったことがある。それが三等に当たった。四人の割符だったので、お栄の取り分は一両だ。喜んだのもつかの間、ちょっとした面倒に巻き込まれたのである。

「だけど、あんたとふたりじゃないんだろ。だれか男の人も来るのかい？」

お栄はたずねた。

「うん、まあね」

おりきは、思わせぶりな目をした。

居酒屋にいたころから、おりきはいろんな男と別れたり、くっついたりして「今度こそ、いい男を見つけたい」と口ぐせのように言っていた。

やがて、二十も年上の小間物《こまもの》屋の後添《のちぞ》いとなった。案外にやさしい男でおりきは幸せだったらしい。だが、その亭主も十年ほど前に死に、今はひとりで小さな小間物屋を営《いとな》んでいる。

おそらくまた、ちょっと気になる男を見つけたのだ。しかし、まだふたりで会うという仲ではない。だから、だれかもうひとりに来てもらいたい。そういうときに、誘いやすい相手がお栄なのだろう。

「ねぇ、お願い。来てよ。いいでしょ」

おりきは拝むしぐさをする。

「分かったよ。しょうがないねぇ」

おりきは答えた。

細い月がさえざえとした光を放つ夜だった。居酒屋に行くと、おりきがいて、しばらくするると男がやって来た。町人髷《ちょうにんまげ》を結った中年で、細い目をしたおとなしげな顔立ちをしていた。

「こちら、時蔵《ときぞう》さん。山善《やまぜん》という糸問屋のご主人で、うちのお店に糸をおろしてくださるの。いつもお世話になっているから、一度、お酒でもごいっしょしましょうって、前から話していたんだけどね」

そう言っておりきは時蔵の顔をのぞきこむ。時蔵は困ったような顔でうなずいた。

どうやらおりきは、今度は、この時蔵を狙《ねら》っているらしい。

おりきはかいがいしく時蔵の世話を焼いていた。

「このお店はね、たこがおいしいのよ。ご主人が釣りが好きで、今日のは自分で釣ったたこなんですって。さっき見せてもらったけど、大きくて立派なの」

おりきはひとりでよくしゃべった。

お栄はわずかの間に、時蔵が自分たちよりふたつ下で、七年前に女房を亡くして息子が二人いること。店は神田《かんだ》にあって、それなりに流行っていることを知った。

おりきは、ついこの間まで、呉服屋の番頭の長八《ちょうはち》という男に惚《ほ》れていた。長八は甘い顔立ちで、女相手の仕事をしているだけに如才《じょさい》なく、いっしょにいて楽しい男だった。だが、長八は同じ店の若い女と所帯を持った。おりきは数にも入っていなかったらしい。

そんなことがあったから、今度は、口数の少ない、まじめそうな男を選んだのかもしれない。

おりきと時蔵のやりとりを、お栄はなにか芝居でも見るような気持ちでながめていた。

お栄は二度所帯を持ったことがある。

最初の亭主とは三年ほどで死に別れた。

翌年、指物師《さしものし》の五助《ごすけ》という男といっしょになった。だが、五助は乱暴者だった。

そんなわけだから、お栄は今さらだれかと所帯を持つ気など、さらさらない。

自分が、おりきの引き立て役に使われていることも知っているが、あまり腹も立たない。

おりきがいまだに、男たちにちやほやされたい、仲良くなりたい、あわよくば女房にと思っている気持ちがよくわからない。

おそらく、今日、ここに時蔵を呼ぶまでには、少々しつこいぐらいに粉をかけたり、物を贈ったりしたにちがいない。おりきの目はうるんできらきらと光り、顔がほてっている。

その顔つきは、居酒屋にいたころ、これはと思った男に目をつけたときと同じだ。

――あんたは、元気だよ。若いよ。

その元気はいったいどこから出てくるのだ。

お栄は半ばあきれた。

その日は、おりきがしゃべり、時蔵とお栄が時たま返事をするというふうで終わった。

「同じ方向だから、いっしょに帰りましょうよ」

おりきが甘えた声で時蔵を誘う。

「ああ、そうしてくださいよ。お願いします」

お栄はそう言って別れた。

雲が出て、月は隠れていた。風は冷たかったが、酔った体には心地よいくらいだ。

お栄は鼻歌を歌っていた。

ふと、だれかに見られている気がした。

立ち止まって、あたりを見回した。夜といってもまだ早い時間で、家路を急ぐ者、これから遊びに出るらしい者などが通り過ぎていく。それらしい人影はない。

気のせいだろう。そう思って足を進めた。


何日かして、店を閉め、お高とお近とお栄の三人で後片づけをしていたときだ。

「ねぇ、外で男の人が待っているよ。お栄さんはいますかって聞かれたよ」

お近が言った。

「どんな人だい。まさか、体の大きな職人風の男じゃないだろうね」

お栄の頭にまっさきに浮かんだのは五助だった。

別れて何年もたつというのに、なぜ五助を思い出したのか。お栄は自分でも不思議だった。

「違うよ。なんだか、おとなしそうな人だよ」

お近は答えた。入り口の戸の隙間《すきま》から外の様子をうかがうと、時蔵が所在なげに立っていた。

「ああ、こんにちは。この間はどうも。なにか、ご用ですか？」

お栄が声をかけると、時蔵はとびあがりそうになった。

「あ、この前はどうも。遅くまで、すみません。ちょっと、お話が……」

赤い顔でそう言った。

「えっと、おりきのことかい？」

「ええ、まぁ、そういうようなことで」

時蔵は歯切れが悪い。

「そうかい。分かったよ。じゃあ、ちょっと中で待っていてくれるかい。今、すぐ仕事を片づけちまうから」

店に入ってもらって、茶を出した。

残りの仕事はお高とお近に頼んで、時蔵と向かい合った。

「じつは、おりきさんのことなんですけどね。また、いっしょにって誘われているんです。今度はふたりでって」

さすがのおりきである。一歩ずつ間合いを詰めている。

あらためて時蔵を見た。細い目の地味な顔立ちではあるが、白髪もあまりないし、鼻はまっすぐでなかなかの男前である。商いもうまくいっていて、のちのち面倒になりそうな家族もいないのだろう。そのあたりのことは、すでにおりきは調べずみで、それならばと舵《かじ》をきっているのだ。

「でも、私はちょっとそういうのは困るので、今回は断ろうかと思って……」

そうか。おりきが強引なので、自分では言いだしにくいのか。

お栄は合点《がてん》した。

「ああ、なるほどね。あたしはおりきちゃんと長い付き合いだから言うんだけど、大丈夫だよ。あの人は、断られたら断られたで、そのまんま。そりゃあ、少しはがっかりするかもしれないけど、あっさりとあきらめて、じゃ、また、次の人を探そうってふうになる。とにかく、切り替えが早いんだ。いつまでも根に持つとか、店に来ないでくれとか、もう取引はやめるとか、そういうことにはならない。だからこっちも、今まで通り、ふつうに付き合えばいいんだよ」

「そうですか。それならよかった」

時蔵はほっとした顔になった。

「まぁ、お茶でも飲んでくださいよ」

お栄はほうじ茶をすすめた。

お高が気をきかせて、お近に栗の渋皮煮と茶を運ばせてくれたのだ。

「いやぁ。おいしいお茶だ。それに、渋皮煮もいい味だ」

時蔵は目を細めた。

「こんなことを言うのは悪口みたいで嫌なんですけどね」

打ち明け話をする顔になった。

「いいよ。この際だからなんでも言ってくださいな。おりきちゃんには言わないから」

「いえね。私はああいう勝ち気な感じの人は苦手なんですよ。なんでも先回りしてぱっぱっと決めるような人は困るんです。根がのんびりしているものですから」

「そうかい。そういうもんなんだろうねぇ」

なんとなくそんな感じがしていたと思いながら、お栄はうなずく。

「おいしいお茶ですね」

時蔵はさっきと同じことを言って少し黙った。

「渋皮煮もいい味です」

「はぁ」

妙な間があいた。

「たしかお栄さんはおひとりなんですよね」

「そうだよ。所帯を持ったこともあったけれどね、今はこうして、この店を手伝ってる。ひとりが気楽でいいんだ。性《しょう》に合っている」

「まぁ、そうでしょうけど。その、よかったら、たまには、私とお茶でも飲んでいただけませんか」

お栄はびっくりして時蔵の顔を見た。

「だからね。気楽な独り者同士ということで。なんていうのかなぁ、お栄さんと話をしているると安心するんですよ。話しやすいし、ざっくばらんだし。だまっていても、いろいろ聞いてこないし。まじめな気持ちでお願いします。これからも、また会ってお話をさせていただけないでしょうか」

時蔵は頬を染め、熱心な口調になった。

「ええ、あ、まぁいいけどね」

お栄は答えた。


次の日は風のない穏やかな陽気だった。陽《ひ》だまりで近所の猫がのんびりと毛づくろいをしている。そんな時刻に時蔵がやって来た。

「いえね、近くまで来たら、お栄さんの顔が見たくなって」

「へぇ。どうして?」

「どうしてって……。なんか、安心するんです」

「はあ。そうですか」

そんなことは、生まれてこのかた一度も言われたことがなかった。

厨房ではお高とお近が仕事をしながら、こちらの様子を気にしているのが伝わってきた。

時蔵が二日続けてやって来たということは、つまり、そういうことなのである。

それくらいのことは、お栄でも察しがつく。

これがお高の話なら、待ってましたと背中を押すのだが、いざ自分のこととなってみると、勝手が違ってどうしていいのか困ってしまう。

「ねぇ、お栄さん。こっちはもういいから。ふたりでどこか散歩でもしてきたら」

お高が声をかけた。

「そうですねぇ、そうさせていただきたいなぁ。お栄さん、かるくおそばなんて、どうですか。この近くに知り合いのやっている店があるんですよ」

時蔵が誘った。

そんなことがその後も二度ほどあった。

だからどうということはない。ふたりでそばを食べて、話をする。それだけだ。

変わったことといえば、ときどき、だれかに見られているような気がした。たいていは仕事を終えて帰る午後の遅い時間である。

あたりを見回すが、それらしい人影はない。

気のせいだろうと、自分に言い聞かす。だが、お栄は薄気味悪さを感じていた。


数日たったある日、おりきが仕事終わりを見計らって店にやって来た。

「ちょっと、お栄さん、ひどいじゃないの」

お栄の顔を見るなり、おりきは怒鳴った。

「えっと、なんだっけ」

「なんだっけじゃないわよ。時蔵さんのことよ。あの人はあたしが見つけて、仲良くしていたのよ。それを横取りして」

「横取りなんてしていないよ。ただ、そばを食べて少し話をしていただけだよ」

「それを横取りっていうんだよ」

きつい目でにらんでいる。

「はあ」

お栄はため息をついた。

以前にも、おりきは抜けがけをしたとお栄に怒ったことがある。時蔵のことは好ましいとは思ったけれど、それ以上の気持ちはない。おりきが怒るなら、そばなど食べなくてもよかったのだ。

「分かったよ。もう、時蔵さんとは会わないようにするから」

「当たり前よ。もう、やんなっちゃう。あの人には手を出さないでね」

おりきはぷりぷり怒りながら帰っていった。

その後ろ姿を見送って厨房に戻ると、お近が入り口に立っていた。

「男を取り合ってけんかするのは若い娘だけかと思ってたけど、お栄さんみたいな年になっても、そういうことがあるんだねぇ」

妙にしみじみとした言い方である。お栄は恥ずかしいのと、ばかばかしいのがいっしょになって頬を染めた。

「まあ、女っていうのはいくつになっても、女だから。あたしだって、こんなことでおりきちゃんに怒られるとは思っていなかったよ。まったく、しょうもないねぇ。おりきは昔っからの友達なんだよ。こんなことでけんかしたくなかったたねぇ」

だが、お栄の言葉を聞いたお近は急に目を三角にした。

「違うよ。友達なんかじゃないよ。おりきさんは、お栄さんのことを便利な人だと思っているんだよ。だから、自分の都合のいいときだけ、声をかけるじゃないの。今度だって、自分のほうが女っぷりがずっと上だからお栄さんは敵にならないと、安心して誘ったんだよ。ところが、そのふたりが近づいたから、おりきさんは腹が立つんだ」

お近は言いにくいことをはっきりと口にする。

「だからさ、あたしはなにも時蔵さんのことをどうこう思っているわけじゃないんだよ。あたしは、男の人と付き合いたいとは思っていないんだから。いいんだよ。もう、そういう気持ちはないんだから」

「そうなの？　そんなふうに決めることはないんじゃないの？」

お高が心配そうな顔をした。

「お高さん、あたしはもうじき五十ですよ。今さら、色恋ざたもないですよ」

お栄は答えた。

「そんなことないよ。まだまだ若いよ。おりきさんを見てごらんよ。男の人に自分がどう見えるか、真剣に考えているよ。お栄さんは人のことはいろいろ言うくせに、自分のことはまるで無頓着《むとんちゃく》なんだから。もっと、自分のことかまったほうがいいよ。もったいないよ。髪も多いし、きれいな肌をしているんだから」

お近は言葉に力を込める。

「そうよねえ。私のことは、化粧をしろとか、明るい色の着物にしろとかあれこれ言うのに、自分は全然だもの」

お高もここぞとばかりに言いつのる。

「いや、そんなことを言われてもさ。あたしはこれでいいんだよ」

「とりあえず髪結《かみゆ》いに行って、着物も新しいのを買おうよ」

「もう、けっこう」

お栄は井戸端《いどばた》に逃げ出した。やたらと水をたくさん使って洗い物をしていると、少し気持ちが落ち着いてきた。裏の空き地にいつの間にか曼殊沙華《まんじゅしゃげ》が真っ赤な花をつけていた。

二

おりきがなんと言ったのか知らないが、以来、時蔵が店に来ることはなくなった。

そうして十日ほどが過ぎた。

その日は、風が冷たかった。神社の銀杏《いちょう》はまだ青々としているが、隣の楠《くすのき》はちらほらと色づいてきている。

——こんな日は、家で一杯やって温まりたいね。

お栄はいける口である。

帰りに魚屋に寄って鯵《あじ》の刺身を買い、豆腐《とうふ》屋で一丁。裏に活《い》けてあるねぎがあるからそれを刻んで薬味にして湯豆腐に。今日は、そんなところでいいか。

考えると楽しくなった。

「まったく安い女だよ」

お栄は独《ひと》り言《ご》ちた。

おりきは「ひとりで淋《さび》しくないの？」などと聞くけれど、お栄はそんなことを感じたことはない。だれの目も気にせず、足を伸ばしたり、寝転んだりできる。好きなものを食べて飲んで、眠くなったらそのまま眠ってしまえばいい。

こんな気楽な暮らしがあるのに、なにを好きこのんで今さら他人に気を遣《つか》いながら暮らさなくてはならないのだ。

お栄が最初に所帯を持ったのは十七のときだった。

奉公していた染物屋のおかみが「いい人がいるから」と話を持ってきた。店に出入りするのれん染めの職人だという。年ごろになったら嫁にいくものだと思っていたから、「ありがとうございます。よろしくお願いします」と答えた。

話が来たのは春で、夏には形ばかりの祝言《しゅうげん》をあげて、嫁になっていた。

家族で小さな工房を営んでいて、舅《しゅうと》に姑《しゅうとめ》、弟がふたりいた。お栄は掃除、洗濯、工房の手伝いをして毎日過ごした。狭い家に六人もいたから、いつもだれかがそばにいた。夫婦の部屋などあるわけもなく、お栄は隅《すみ》の方で小さくなって寝ていた。

もともと体の弱かった亭主が流行り風邪《かぜ》で死んだのが、お栄が二十のとき。

子供がいなかったこともあって、「あんたはまだ先があるから」と家を出された。行くところがないので、染物屋に戻った。

で、翌年、今度は十五も年上の指物師《さしものし》の五助といっしょになった。

五助は体が大きくて、丈夫そうだった。そこが気にいった。

それに、家族がなくて長屋でひとり暮らしだという。そこもよいと思った。

だが、暮らしはじめてしばらくして、五助はお栄をなぐるようになった。今日は穏やかだと安心していると、ちょっとしたひと言で不機嫌になった。酒を飲むと、手を上げた。

五助がもうじき帰って来る。そう思っただけで胸が苦しくなった。お栄はいつも五助の顔色を見ながらびくびくして暮らしていた。そんなふうにいつも顔色をうかがっておびえている女房を、亭主はよけいにいじめたくなったのかもしれない。五助の暴力がひどくなったのは、自分の態度がいけなかったのだと責めていた。

いや、そうではない。そんなふうに思ってはいけないと、言ってくれた人がいた。

あの男は乱心者だ。別れなければ、あんたは殺されちまうよ。

そう言われて踏ん切りがついた。

今考えると、不思議でならない。

どうして、もっと早く、五助から逃げなかったのだろう。こうなったのは自分のせいだと、思いこんだのだろう。恐ろしくてしかたがないのに、自分がいなければ、この人はだめになると考えたのはなぜなのか。

あのころは、お栄自身も少しおかしくなっていたのだ。

お栄は足を止めた。

だれかに見られている気がする。

あたりを見回した。まだ、暗くなるには間がある。どの店も開いていて人通りもある。怪しいことなどひとつもない。

だが、胸がどきどきして、口が渇いていた。

この感じは昔、五助と暮らしているころにもあった。そろそろ戻って来る時刻だと思うだけで胸が苦しくなった。

五助と別れてもうずいぶんたつ。五助のことは心の奥にしまって、蓋《ふた》をしたと思っていたのに、ふとしたことで思い出す。いまだに自分はあの男に縛られているのだろうか。

豆腐がくずれるのも忘れて、早足になった。下駄《げた》の音だけが高く響く。息があがって苦しくなっても、早足を続けた。

大きく息をついたのは、長屋の部屋に入ってからだ。

湯豆腐の支度をしていると、左隣のおつながやって来た。

「さっき、あんたのことを聞きに来た人がいたよ。男の人だ」

五助だろうか。

そう思った途端、胸の鼓動が速くなった。

「どんな男だい。名前を言っていたかい」

「名前は言わなかったよ。お栄さんという人はここに住んでいますかって聞かれたから、部屋の場所を教えた」

「体の大きな、ごつい男かい」

「どうだったかな。ふつうだね」

それで少し安心した。

次の瞬間、また疑問が生まれた。五助でないなら、一体だれだろう。


それから二日ほどのちのことだ。店の帰りに声をかけられた。

振り返ると時蔵がいた。

「今、お帰りですか」

時蔵はにこにこしていた。

「ああ。仕事が終わって今、戻るところだ。おりきちゃんとは、その後、どうかい？」

お栄は先手を打った。おりきのことだ、時蔵とも話をつけたにちがいない。

「え、ああ、まぁ」

時蔵は困った顔になった。

「まぁ、少々気の強いところもあるけどね。面倒見はいいし、気性のさっぱりしたいい女だ。だから、どうぞ、仲良くしてやってください」

「あ、はぁ」

「よかったら、今度、おふたりで店にも来てくださいよ。朝早い時間は混んでるけど、昼近くなればゆったりだから。五と十のつく日は夜も開けているしね」

お栄はよけいなことだと思いながら早口であれこれと言い、通り過ぎようとした。

「いや、そうじゃなくてね。ちょっと待ってくださいよ」

時蔵がお栄を呼び止めた。

「ですからね、全然違うんですよ。そのことは、おりきさんにもはっきり伝えました。私は、お栄さんと話をするのが楽しくて、それだけなんだ」

「……そうかい」

真摯《しんし》な語り口に心を動かされてお栄はだまった。

「おりきさんのことでは、私は少し腹を立てているんですよ。だって、ふたりで話をしたぐらいで、どうしてあの人にあれこれ言われなくちゃならないんですか。まったくよけいなことだ」

「そりゃぁ、そうだけどさ」

「私は女房を亡くして七年になる。子供たちも大きくなった。番頭は通いだから、家には古くからいる女中と小僧だけだ。たまにはだれかとゆっくり話がしたいと思う。それで、お栄さんに付き合ってもらったんだ。前にも言ったかもしれないけれど、お栄さんと話をしていると安心するんだ。疲れが取れるような気がする。だから、お栄さんの手の空いた時に、私の話を聞いてほしい。私もあなたの話を聞きたい。それだけなんだ」

「そう……、そうかい」

「だから、おりきさんにも言ったんだ。私はこれからもお栄さんを誘いますよ。そばでも、お茶でも。それは、おりきさんには関わりのないことだ」

時蔵は意外にも気骨《きこつ》のある男らしかった。きっぱりとした言い方をした。

「だけど、あんた……」

お栄は心をつかまれて時蔵の顔を見つめた。

今まで、だれかにこんなふうに熱を持って何かを望まれたことがあっただろうか。

最初の亭主はおとなしい男で、なんでも親の言うままだった。お栄のことは、女房というよりも働き手と思っていたのではあるまいか。亭主とゆっくり話をした記憶がない。

五助は酒を飲むとよくしゃべった。だが、仲間や仕事のことばかりで、お栄は話の内容が半分も分からなかった。

お栄は時蔵とそばを食べたときの様子を思い浮かべた。

天気の話、子供のころのこと、家族のこと。そばは田舎《いなか》が好きか、御前《ごぜん》が好きか。そば茶は体にいいらしい。どれもたわいのない話だ。けれど、お栄が何を言っても時蔵はちゃんと聞いてくれた。自分のことも、少しずつ聞かせてくれた。

それは、店でお高やお近としゃべるのとは全然違った。

男の人とふたりで話をする。その人が、自分の話に耳を傾ける。その人が自分の話をする。たったそれだけのことが、どれほどお栄の一日を明るくしただろう。

「だから、これからも変わらず私とお付き合いしてくれますか」

「ああ、こちらこそ……」

お栄は答えた。

時蔵が続けた。

「今度、あなたに会ったら、そういうことを伝えたいと思っていたんですよ。それで、ここで待っていた」

お栄は驚いて、時蔵の顔を見た。

では、この前、長屋をたずねて来たというのは時蔵だったのか。どうして、断りもなく、住まいをたずねて来たりするのだ。

急に不気味に思えてお栄は後ずさりした。

「どうしたんですか。お栄さん、顔色が悪いですよ」

時蔵が腕を伸ばし、その手がお栄の袖《そで》に触れた。その刹那《せつな》、時蔵の顔が五助に見えた。

「手を出すんじゃない。その手をはなすんだ」

お栄は思わず叫んだ。

時蔵はびくりとして腕を引っ込めた。

――しまった。

お栄は唇をかみしめた。

「すみません」

あやまったのは時蔵のほうだった。

「いや、そうじゃない。そうじゃないんだ。悪いのは、時蔵さんじゃない」

お栄はその場を逃げ出した。

恥ずかしさと申し訳なさでいっぱいだった。まるで、おぼこ娘のようではないか。

とっくに忘れたはずなのに、どうして、今になって五助のことを思い出すんだ。

悔しくて、悲しくて、叫びだしたくなった。

突然、近くの樹《き》から椋鳥《むくどり》の群れがいっせいに飛び立った。騒がしく鳴き交わしながら、黒い塊《かたまり》になって西の空に向かっていく。幕が落とされたように夜になった。

重い足取りで長屋に戻って来ると、おつなに会った。

「この前の男が、また来たよ。あんたのことを聞くから、もうじき帰って来るよって言った。そこらをひと回りしてまた来るってさ。五助って言ってた。あんたの、前のご亭主だってね」

五助。やっぱり五助だったのか。

ふいに、汗と脂《あぶら》の混じった五助の体臭を感じた。お栄は冷水を浴びたような気がした。

逃げなくちゃ。

頭に浮かんだのは、そのことだった。

「あ、そうだ。急に用事を思い出したから出かけてくるよ。それでさ、悪いけど、その男が来たら、悪いけど出直してくれって言ってくれ」

そう言いおくと、お栄は元来た道を駆けだした。

五助は今さら、何の用があって自分をたずねて来たのだ。

金の無心《むしん》か。

よりを戻したいのか。いや、そんなはずはない。

この前、おつなは大男ではないと言ったはずだ。

本当にあの五助なのだろうか。

いろいろなことが一度に浮かぶ。

酒臭い五助の息を背中に感じた。

お栄は恐ろしさに叫びだしたくなった。

目をつぶって走る。足はどんどん速くなる。勝手に丸九に向かっている。

五助の大きな固い頭や太くてもじゃもじゃと黒い毛が生えた指や黄色い歯が思い出された。髪をつかまれて引きずり回されたときの恐ろしさや、脇腹を蹴《け》られたときの痛みや、板の間に押し倒されたときのみじめさが蘇《よみがえ》った。

お栄は夢中で走った。

人を押しのけ、突き飛ばし、前のめりになって進んだ。

息があがって苦しくなった。口の中がからからに渇いて、めまいがした。それでも、ひたすら走って逃げた。

丸九はもうすぐだ。あの角を曲がればいいのだ。

そう思ったとき、足がもつれた。どうとばかりに道に転がり、そのまま立ち上がれなくなった。道の端に座り込んで、肩で息をしていたら、誰かに声をかけられた。

「あれ、お栄さんじゃないの。どっか悪いのかい？」

顔を上げると、仲買人の政次《まさじ》が心配そうにこちらをのぞきこんでいた。お高の幼なじみで、お栄もよく知っている。お栄は政次にすがりついた。

「お願いだ。あたしを丸九に連れていってくれ」

「連れていきゃあ、いいんだな」

「頼むよ。別れた亭主が来たんだよ。それで逃げてきたんだ」

「そうかい。分かったよ。おい、立てるか？　おぶってやろうか」

「大丈夫だ。いっしょに歩いてくれればいい」

お栄は政次の助けで立ち上がり、足を進めた。

「俺がいるからもう大丈夫だよ。急がなくてもいい」

政次は何度も声をかけてくれた。

丸九に着くと、お高を呼んだ。

「どうしたの？　膝《ひざ》から血を流しているじゃないの」

お高は驚いて叫んだ。

「こんなのかすり傷だ。それより五助が来たんだ。前の亭主だ。あたしをかくまってくれないか」

「分かったわ。そいつが来たら私が追い返すから」

お高は請《う》け合う。政次も加勢についてくれることになった。


しばらくすると表でごとごとと音がした。

「夜分にすみませんねぇ。こちらにお栄という女がおりやせんでしょうか。ちょいと折り入って話がございましてね」

五助だ。お栄は身を固くした。

「もう、店は閉めましたので、明日にしていただけませんか」

お高が戸口で答えた。

「ああ。まぁ、そうでしょうねぇ。だけど、こっちも少し急いでおりやしてね。お時間は取らせませんから、お栄を出してもらえませんでしょうか。無理を承知でお願いします。あっしはお栄の別れた亭主で五助といいます」

案外におとなしい様子である。

お栄はお高と政次の顔を順繰りに見た。

「もし何かあったら、俺がすぐに出ていくからさ」

政次が小さな声で言った。

お栄は意を決して戸を細く開けた。

「ああ、お栄か。俺だ、五助だよ。悪かったねぇ、こんなところまで来ちまってさ」

「いや、ああ。そうだねぇ。困るんだよ」

お栄は口が固まったようで言葉がうまく出ない。

「いや、懐かしい声だな。あんたの噂《うわさ》を聞いてね、会いたいと思っていたんだ」

「……どうしてここが分かったんだい？」

やっとそれだけ言うことができた。

「町で姿を見かけてさ。また、会えるかと思って毎日、同じ場所に立って待っていた。長屋とこの店が分かるまで、何日もかかっちまった」

ここ最近、だれかに見られているような気がしたが、やはりあれは五助だったのだ。

それにしても、偶然、姿を見かけ、毎日、同じ場所に立って待っていた。どうして、そこまでして自分に会おうとしたのだ。何のために。金か。よりを戻したいのか。

「……入れてもらっていいかね。外で立ち話というのもなんだから」

五助がたずねた。一瞬迷った。だが、お高も政次もいる。

お栄は勇気を出して戸を開けると、五助はすべるように中に入って来た。

「突然来ちまって悪かったね。追い返されるんじゃないかと心配していたんだよ。あんたも元気そうでよかったよ」

「あ、いや。あんたも……」

何と言っていいのか分からず、お栄は突っ立っている。

「お栄さん、座ってもらったら。私たちは奥にいるから」

茶を運んできたお高が床几《しょうぎ》をすすめた。

「あんたが、おかみさんですかい。お栄がお世話になっておりやす」

五助は頭を下げた。お高が厨房に消えると、お栄と五助は向かい合った。茶をひと口飲むと少し落ち着いた。五助は以前とはずいぶん違う様子をしていた。

「仕事のほうはどうなんだい。親方やみんなは達者でいるのかい」

自分でも意外なほど口が回った。

「いや、もう、行ってないんだ。今は、半端な仕事をあちこち手伝っているだけで……。ちょっと、しくじっちまってね。酒飲んで、若いやつをなぐっちまったんだよ、そいつが運悪く腕を折って、それで、親方から引導《いんどう》を渡されたんだ。うん、まぁ自業自得っていうのかね。酒も今は飲んでないよ。体が受けつけねぇんだ」

　五助は淋しそうに笑った。

「そこへいくと、お栄は偉いよね。こうやってひとりでちゃんと暮らしているから。評判を聞いたよ。この店はずいぶん流行っているんだってなあ」

「ああ。朝、のれんを上げる前から人が並んで待っているよ。うちの店で食べると元気が出るんだってさ。忙しいけど、励《はげ》みになるんだ。たまたま縁があったんだけどね、運が良かったよ。この店に来られてさ」

　お栄の口が勝手に動く。それを他人《ひと》ごとのように聞く自分がいる。

「そうか。よかったな。……俺は全然だ」

　五助は小さな声でつぶやいた。

　お栄の胸の鼓動はおさまって、少し余裕をもって五助を見ることができた。

　五助は前歯が何本か抜けていた。そのせいか、すかすかと風が抜けるような話し方をした。体はずいぶんやせてしぼんでいた。白目が黄色く、顔色も悪い。どこか悪いのかもしれない。

　お栄は急に五助が気の毒になった。

　出会ったころはこんなではなかった。

体全体に肉がついていて、声も太く大きかった。髪の毛は太くてくせがあり、冬のさなかでも足先までぽっぽと熱かった。

前の亭主は体が弱く、少し無理をすると青い顔をして横になった。よく腹をこわし、冬には風邪をひいて咳《せき》が止まらなくなった。

だから、体の強そうな五助が頼もしかった。

この男なら、お栄をおいて先に死んでしまうようなことはないだろうと思った。そのころの五助はよく働いて、お栄に手を上げるようなことはなかった。

子供を持って、母になって、そういうふつうの暮らしがはじまると思っていた。

すっかり忘れていたが、お栄は五助を好もしいと思っていた。惚れていたことすらあったのだ。

「うまいんだってな。腹いっぱい飯が食べられるって」

「ああ。そうだよ。今度、食べに来ればいいよ」

「いやいや。俺は今、ろくに仕事をしていねぇから」

五助はなんとなく、ねだるような目をした。

「あ、でも、あたしはただの使用人だからね、ごちそうはできないよ」

お栄は言った。

「いや、そんなことを思っていないよ。大丈夫だよ。あはは」

前歯の抜けた口で笑い、それきり五助はだまった。妙な間があいた。

「あんた、富くじに当たったたんだってな」

五助が言った。

そうか。やっぱり金の無心か。

お栄は合点した。

どこかでお栄が富くじに当たったことを聞いて、やって来たのだ。

気持ちが急に冷めていくのを感じた。

「当たったよ。だけど三等だし、四人の割符だからね、もともとたいした額じゃないんだよ。ふだんから長屋の人たちには世話になっているから、少しお礼をして、ちょっと自分のものを買ったらそれで終わりだ。もう残っていないよ」

お栄は答えた。

「自分のものって何を買ったんだ」

「いや、なに、布団を打ち直したんだよ。着るもんなんか、今さら金を使う気にはならないし、食べるものだってひとりだからね。贅沢《ぜいたく》をしたらきりがないから」

「そうかぁ。布団を打ち直したのか。いいねぇ。これから寒くなるものなぁ。そうか。布団か。いい金の使い方をしたよ」

五助はにこにこと笑う。

長屋に来るなどと言いだしたらどうしよう。

「それでな」

「な、なんだよ」

お栄は身がまえる。

「どうやって当てたんだ？」

「はぁ？」

お栄は五助の顔を見た。

「だからさ、どうやったんだよ。ああいうもんは、秘訣《ひけつ》っていうか、あるんだろ。こうやりゃあ当たるっていう方法が」

「いや、そんなのないよ。だって、くじだからさ。だれが当たるか分からないんだよ」

「ふふふ」

五助はそんなことはないだろうというふうに笑った。

「俺も富くじを当てたいんだよ。大きく当てなくてもいいんだよ。二等か、三等。これから寒くなるからさ、冬が越せるくらいでいい。どうしたんだよ。どこかの神社に願《がん》をかけたのかい。方角を占ってもらったのかい」

どうやら、五助は本気で富くじに当たる方法があると思っているらしい。たしかに、どこそこの神社にお参りするとよいとか、世間ではいろいろいわれている。

それはたまたまそういう人がいたというだけの話で、実際には関係がないだろう。

射幸心《しゃこうしん》をあおるということで、今は大金が当たる富くじは廃止された。残っているのは、神社の普請《ふしん》のための金集めというような名目の小口のものだ。

それでも、この男は本気で、富くじを当てようとしているのだろうか。

「だって俺はさ、手が震えるから指物《さしもの》はできねぇんだ。体は思うように動かねぇ。疲れやすいんだよ。身寄りもないしさ。そうだよ。今さら、お栄に甘えるつもりなんかねぇよ。だからさ、頼むよ。教えてくれよ。そうしないと、俺は本当に困っちまうんだ」

五助は雨に濡《ぬ》れた子犬が餌《えさ》をねだるような目をした。

お栄をなぐった腕はすっかり細くなって、指先は小刻みに震えていた。

仕事がないというのは本当で、だから、あてもないのに道端に立って、ひたすらお栄が通りかかるのを待っていたのだ。

自分はこの男の何を怖がり、恐れていたのだろう。

名前を聞いただけで震えあがり、必死で逃げ出したことがばかばかしく思えた。

「あの富くじはさ、おりきっていう女が人を集めて、あたしは誘われただけなんだよ。それでね。おりきは富くじを神棚にあげていたって言っていたよ」

お栄が言うと、五助の目が輝いた。

「そうかぁ。やっぱりそうか。神棚か」

「あの女はね、きれい好きなんだ。だから、部屋の掃除は欠かさない。とくに入り口は大事だって、いつもきれいにしているよ」

お栄は思いつくままに言った。

「そうか。それは俺も聞いたことがある。そうか、やっぱり神棚に掃除か。ありがとう。いいことを聞いたよ」

何度もうなずいて、五助は帰っていった。

見送って戸を閉めると、お栄は大きく息を吐いた。安堵《あんど》と悔しさと悲しさと切なさが混じったため息だった。

「お栄さん、平気？」

お高が声をかけた。

「ああ。もう、大丈夫だ。なんか、昔のこととかちょっと思い出しちゃってさ」

お栄は自分が泣いていることに気づいた。

「まったく、ばかみたいだねぇ。あたしは長いこと、自分がつくりだした影におびえていたんだよ。気にすることなんか、なかったのにさ」

そう言うと、また、新しい涙が出た。

「よかったら、今日はここに泊まっていく？」

お高が心配そうにたずねた。

「いいや。大丈夫。長屋に帰るよ。だけど、その前に一杯、飲ませてもらってもいいかねえ」

お高が注《つ》いでくれた酒をお栄はぐいと飲みほした。

「こういうときは酒にかぎるな」

政次がつぶやいた。

「ああ。あたしの中に残っていたあれやこれやを、みんな送った。消えてもらう」

「そうしてよ。それで、忘れて」

お高が言う。

「よかったじゃねぇか」

政次がうなずく。

お栄は長屋まで送るという政次を断って、ひとりで帰った。

空は暗く、冷たい風がびゅうびゅうと音をたてて吹いている。川端に並ぶ飲み屋は誘うように明るく、温かい煮炊きの匂《にお》いとともに人の笑い声が流れてきた。ひとりの部屋は冷たいだろう。お栄はぐっと奥歯をかみしめた。

三

翌朝、お栄はいつもと同じように夜明け前に目が覚めた。

重たい荷物をおろしたように、ずいぶん気持ちが軽くなっている。

お栄は部屋の隅の柳行李《やなぎごうり》を開けた。底の方にしまってある着物を取り出した。色はいつも着ているのと同じような渋い茶だ。

だが、普段のものよりも上等で、お栄の気持ちとしては、よそゆき着である。久しぶりに鏡を見て髪も整え、つげの櫛《くし》を挿《さ》してみた。

店に行くとお高がいて、朝の支度にかかっていた。

「あら」

お高はお栄の顔を見て、少し驚いた顔をした。

「いえね、なんか、少しは自分のこともかまってやろうかと思ってさ」

お栄が恥ずかしそうに答えると、お高はうなずいた。

「そうよ、そうよ。お栄さんもまだまだ、これからなんだから」

お高はいつも自分が言われていることを、お栄に返す。

ちょうどそのとき、あくびをしながら入って来たお近がお栄の顔を見て言った。

「あれぇ、なんか違う」

「どこがだよ」

「分かんないけど、なんか、きれい」

「何を言ってんだよ」

お栄は頬を染めた。


その日、魚屋が持ってきたのはたこだった。

「今日はねぇ、また、いいたこが入ったんだよ。うまいよ」

かごの底に重なったたこはゆがいてあって、太い足はぐるんと巻いて、大きな白い吸盤をつけていた。

「おいしそうねぇ。じゃあ、これをお願い」

お高が答える。

「ええ、また、たこぉ」

お近は大声をあげた。

「なんだよ。おいしい、おいしいって食べてたくせに」

お栄がお近を軽くにらむ。

「だからぁ。食べるのはいいんだよぉ」

お近は勝手なことを言う。

「ねぇ、たこの衣《ころも》がけはどうかしら」

お高が言った。ゆでだこにさっと酒と醤油で味をつけ、揚げたものだ。

「ああ、でも、それだけじゃ、おかずにならないから、もう半分はにんじんとじゃこのかき揚げ。三つ葉としいたけの酢の物を添えて、わかめと豆腐のみそ汁にご飯、ぬか漬け。甘味は白玉《しらたま》団子で」

お高が言って献立《こんだて》は決まった。


昼に近くなったころ、おりきがやって来た。

「前を通りかかったら、いい匂いがしたから、思わずつられて入って来ちゃった」

おりきはお栄の顔を見ると、ぺろりと舌を出した。

「ああ、よかったよ。あたしもあんたの顔を見たいと思っていたんだよ。ゆっくりしていっておくれ」

お栄は答えた。

食事の終わりにお栄がお茶と白玉団子を持って行くと、おりきはしおらしい様子になった。

「この前はごめんんね」

「いいんだよ。こっちこそ」

お栄は答えた。

「あれからいろいろ考えたんだけどさ、時蔵さんとお栄さんは合うと思うよ」

「なんだよ、今さら」

おりきはお栄の袖をぐっと引いて、自分の方に近づけた。

「あの人ね、やさしいし、穏やかだし、うるさい親戚《しんせき》も小姑《こじゅうと》もいないの。まじめな人だから、お客さんの信用もあってね、商いもうまくいっている。掘り出しものなの。本当よ」

「分かったよ。分かったから」

すぐ近くには、例によって徳兵衛、惣衛門、お蔦の三人が座っている。そ知らぬふりをしているが、気配に気づき、耳をそばだてているにちがいない。

お栄は恥ずかしくて顔から火が出そうだ。

「ねぇ、今度、また、三人で会わない。あたしがお膳立てするからさ。話をまとめてあげる」

「いや、本当にいいよ。心配してくれなくて大丈夫だから」

「何を言ってんのよ。あたしが心配しなかったら、お栄さん、ずうっとこのまんまじゃないの。一日過ぎれば一日ぶん年をとるのよ。うかうかしていたら、だめよ」

おりきは盛んにけしかける。

今までお栄がお高をけしかけていたが、逆の立場になってみると、なんともいたたまれない。

「じゃあね。また」

おりきは楽しそうに笑って帰っていった。

しばらくして、お栄が徳兵衛、惣衛門、お蔦のところに茶を持って行くと、惣衛門はちらりと顔を見て言った。

「『たこは芋に変じ、山芋は変じて鰻《うなぎ》になる』って言葉を知っていますか。意味はね、世の中は変わる、思いもよらない変化もある。運気が変わるってことですよ」

「はぁ」

お栄は何と答えていいのか分からず、あいまいな返事をした。

「いい風が吹いてきたときは、逆らわずに、そっちに流されていくもんだよ」

徳兵衛がつぶやく。

「あ、いや、そういうことじゃなくてね」

お栄は口の中でもぞもぞと答えた。

「いいねぇ。いろいろあってさ。あたしも、もう一度夢を見たいよ」

お蔦が言った。

——夢なんか見てませんから。

その言葉をお栄は飲み込んだ。


店が終わったあと、お栄は神田にある時蔵の店に行った。

思ったよりも大きな店で、遠くからも山善と染め抜いたのれんが見えた。

お栄が店に入ると手代《てだい》が出てきた。

「なにか、お探しですか」

「あ、いや、そうじゃなくてさ」

奥の帳場《ちょうば》に座っていた時蔵が顔を上げて、お栄と目が合った。

すぐに出て来た。

「この前は失礼なことをした。悪かった。あやまりたいと思ってさ」

お栄は頭を下げた。

「いや、いいんですよ。おりきさんに大体のことは聞きました。前のご亭主のことがあるからって教えられました」

いろいろ言っても、おりきはお栄のことを心配してくれているのだ。お栄は温かい気持ちになった。

「恥ずかしい話だよ」

「そんなことはないですよ」

お栄は空を見上げた。青い空に刷毛《はけ》ではいたような雲が浮かんでいた。

「あの、またさ、よかったら、あんたの話を聞かせてくれよ。聞きたいんだ」

そう言ったお栄は耳まで赤くなっていた。

「もちろんですよ。私も聞いてほしいことがある。それにお栄さんの話も聞きたい。いろいろなことを」

時蔵はやさしい目をしていた。

お栄はいたたまれない気持ちでうつむいた。胸の奥が温かくなった。こんな気持ちはもう何年も忘れていたと思った。

第二話　さんまのわたは、ほろ苦い

一

お高は夜中、雨の音で目を覚ました。

夜明けまでにはまだ間がある。

お高はもう一度眠ろうと、布団の中で寝がえりを打った。

耳をすますと暗闇《くらやみ》に雨音だけが響き、部屋は水の匂《にお》いが満ちていて、深い水底《みなそこ》にいるような気がした。昼間にぎやかな丸九も、客たちが去り、お栄やお近が帰るとお高はひとりになる。店の二階の六畳の自室には簞笥《たんす》と文机《ふづくえ》のほかはとりたてて何もない。

九蔵が死んで、もう、八年になる。

お高は指を折って数えた。

ずいぶん前から胃のあたりにしこりがあったというのに、九蔵はお高にもお栄にもそのことを隠していた。痛みがひどくなり、床についたときにはもう、起きられなくなっていた。

「よく、こんなになるまで我慢しましたね」と医者が言った。

それから三月《みつき》、お高は九蔵を看病しながら、お栄とともに店を開けた。汁もおかずも九蔵に言われたようにつくり、出来上がると味をみてもらった。けれど、とうとう九蔵はそれもできなくなった。

「すまねぇな。もう、味が分からなくなっちまったよ」

そう言った九蔵はすっかりやせて、別人のような顔になっていた。薬が効いているのか、いつになく穏やかな顔をしていた。

「おめぇ、俺が死んだら丸九を閉めろ」

口がねばつくのか、ゆっくりとしゃべった。

「その後、どうやって食べていくのよ」

「嫁にいくあてはないのか」

「ないわよ。知っているじゃないの」

「……しくじったなぁ。もっと早く話をつけておけばよかった」

九蔵は残念そうな顔になった。

お高は九蔵の口に匙《さじ》で水を運んだ。九蔵はゆっくりとかみしめるように飲んだ。

「今からでも板前を雇うか」

どうやら、さきほどの話の続きらしい。

「あたしに指図されるのは、向こうが嫌がるわよ」

板前は誇り高い。二十一の娘の言うことなど、おとなしく聞くはずがない。

「そうだな」

低い声で答えて、九蔵は目を閉じた。

「ねぇ、あたしがこのまま店をやるのは、だめなの？　お客さんだってちゃんと来ているのよ。味だって変わらないって言われているわ」

「そりゃぁ、まだ俺がいるからさ。病気見舞いのつもりで来ているんだ」

「そうかしら」

ふふと九蔵は鼻で笑った。

「俺は英《はなぶさ》で板長をした男だ。おめぇはなんだ。ただの使いっぱしりじゃねぇか」

いつになく目には強い光があった。

――おとっつぁんはやっぱり板前なんだ。

病み衰えても、九蔵は江戸で指折りの料理屋の板長をしたという誇りを胸に刻んでいる。

お高は九蔵が寝込んでからの三月、自分が店を切りまわしてきたという言葉を飲み込んだ。料理ができると思っているのは自分だけで、傍《はた》から見たらまだまだ半人前にちがいない。

九蔵がいるからお客は安心して通って来てくれているが、いなくなったあとも、お客は今まで通りだろうか。

九蔵はしゃべり疲れたのか、目を閉じた。そのまま、いつものようにうつらうつらしてしまうのかと思ったら、しばらくしてまた目を開けた。

「おめぇ、店をやるってのがどういうことか分かってんのか」

「分かっているわよ。ずっとおとっつぁんを見てきたもの」

「傍から見るのと、自分がやるんじゃ、天と地ほどの違いがあるんだよ。おめぇのことだ、店に夢中になって嫁にいきそびれる」

「そんなのやってみなくちゃ、分からないわよ」

「そうか」

そう言って目を閉じた。しばらくして大儀そうに目を開けた。

「じゃあ、やってみろ。それで、客が来なかったら無理すんな。潔《いさぎよ》く店をしめろ。お栄にもそう伝えてくれ」

「分かりました」

そんなふうに長くしゃべることができたのは、それが最後だった。

翌日から九蔵は夢の中にいるように過ごし、数日後静かに息をひきとった。

父との最期の会話を思い出すのは久しぶりだった。雨だれが屋根を打つ音が響いている。

――おとっつぁんの言った通りだったね。私はまだひとりだ。

お高はつぶやいた。

――半分は当たったけど、もう半分ははずれだ。今も丸九にお客さんはたくさん来てくれる。

言葉は雨音にまぎれ、闇の中に消えていった。

お栄とお近がいて、いいお客に恵まれて毎日忙しくて……。

でも、時々やってくるこの淋《さび》しさはなんだろう。

みんなが去ってこの部屋に戻ると、お高はひとりだ。話し相手もなく時を過ごす。もう、とっくに慣れたはずなのに。

作太郎という男に出会ったからだろうか。

それとも、淋しさはもっとずっと以前からあって、お高が気づかぬふりをしていただけだろうか。

お高は目を閉じた。

まだ、夜明けまでには時間がある。

丸九は五と十のつく日は夜も店を開ける。夕方店を開けると、徳兵衛、惣衛門のふたりがそろってやって来た。

「お高ちゃん、俺はさんまだからね。ほかはいらないから、さんまを焼いてくれ」

徳兵衛がもみ手をして頼む。

「ああ、あたしもさんまの塩焼きで」

惣衛門が言う。

「だって、さんまなら、昼も食べたじゃないですか」

お高は少しあきれて答えた。秋のはじめから、もう何回さんまを出しただろうか。客たちに大人気で、お高たちは毎朝、裏の七輪《しちりん》でさんまを焼き、大根をおろしている。

「だってさぁ、もう、さんまも終わりだろ。俺なんかさ、来年もまた、このうまいさんまを食べられるのかと考えちゃうんだよね。年寄りってのはそういうもんなんだよ」

都合の良いときに年寄りになる徳兵衛である。

「今日は貝焼きのつもりだったんですけど」

小さな器《うつわ》にはまぐりのむき身やえび、しいたけ、ぎんなんなどを入れて酒と醤油《しょうゆ》、だしを入れて火にかけ、火が通ったら三つ葉と溶き卵を加えて半熟ぐらいに仕上げるものだ。本当はあわびの貝殻を使い、具もあわびを入れるのだが、丸九のものはその簡易版である。

「うん、それもおいしそうだけどさ、やっぱりさんまだよ。俺にだけ特別にさ」

ねだるような目をする。

夜も決まりのものを出すことになっている。だいたい、ひとりにさんまの塩焼きを用意したら、ほかの客も欲しがるにちがいない。

「せめて田楽《でんがく》にしませんか」

みりんで伸ばして、柚子《ゆず》の香りをつけたみそをのせて香ばしく焼くのだ。

「いや、塩焼きがいい。大根おろしと醬油でさ」

徳兵衛はきっぱりと言う。

「お宅のさんまの塩焼きの焼き加減がいいんですよ。さんまの塩焼きを出す店はたくさんありますけどね、お宅のように焼く店はなかなかありませんよ」

とうとう惣衛門の言葉に押し切られてしまった。

「いくら毎日来てくれるからって、年寄りのわがままをきいていたら、きりがないですよ」

裏で煙に巻かれながらさんまを焼くことになったお栄は頰《ほお》をふくらませた。

じゅうじゅういう音とともに、盛大に煙があがり、その匂《にお》いに誘われて客がひとり、またひとりと入ってくる。

「ああ、きゅうに腹が減った気になる」

そう言いながら、双鷗《そうおう》画塾《がじゅく》の講師のもへじが、塾生の秋作《しゅうさく》とともに店に来た。

「今日は、さんまの塩焼きと貝焼き、青菜のお浸しに香《こう》の物、ご飯です」

お近がさきほど変更になったばかりの献立《こんだて》を伝える。

「いいねぇ。さんまかぁ。やっぱり、さんまは塩焼きだよ」

ふたりは目を細める。

「あれ、あんた、双鷗さんのところの人だよねぇ」

目ざとく徳兵衛が見つけて声をかけた。

「ああ、そうです。今日は若いのを連れてきました」

「それで例の御仁《ごじん》はどうしているの？」

惣衛門が何気ないふうでたずねる。

作太郎のことだ。

夏の終わりに旅に出て、十日ほど前にお高のところに来た文《ふみ》には、そろそろ江戸に戻るが、その前にちょっと寄るところがあるというようなことが書いてあった。

「ちょっと」というから、一日二日のことと思っているうちに十日も過ぎてしまった。

お高は内心やきもきしている。

顔には出さないつもりだが、お栄やお近は感じているらしい。文が来てすぐのころは、

「もう、そろそろですねぇ」とか、「いっつも突然、来るからさ」などと軽口をたたいてい

たのに、いまは話題にもあげない。気を遣《つか》っているのである。

「大雨で足止めされているんじゃあないんですか」

もへじが適当なことを言う。

「大雨って、あんたどこの話をしているの」

すかさず惣衛門が追及する。

「いやいや、ただ、そうじゃないかと」

「だめだよ。来る人が来ないとさ、俺は落ち着かねぇんだ」

徳兵衛にだめ押しされて、もへじは困った顔になった。

ふたりは作太郎へのお高の気持ちを知っている。温かく見守り、何ならひと肌脱ぐつもりだ。肝心の作太郎が店に来ないのでは、話が進まないではないか。

「いや、困ったなぁ、こっちも知らないんですよ。双鷗先生も手伝ってほしいことがあって待っているんですけどね。たしか、向島《むこうじま》で絵付けをしている人がいて、そこにいるはずなんですよ」

「絵付けって焼き物のことかい？　だって、あの人は双鷗画塾で絵を学んだ絵描《えか》きなんだろ。こっちでおとなしく絵を描いていればいいのに。なんだって、あっちこっち歩き回っているんだよ」

徳兵衛がずばりと切り込むと、秋作はここぞとばかりに言いつのった。

「そうですよね。来たら言ってやってくださいよ。双鷗先生も作太郎はどうしたって毎日言っているんです。勝手なことをされるとみんなが困る」

少々風向きが厳しくなったとき、お近が元気な声で告げた。

「はい。お酒。それに貝焼き。お高さんがね、悪口言う人には、料理出さないって言っているから」

「ほーい、お高ちゃんごめんなぁ」

徳兵衛が大きな声で言って、みんなが笑った。

そのとき、惣衛門と徳兵衛の仲良しで、端唄《はうた》の師匠をしているお蔦《つた》がひと組の男女を連れて入って来た。

女は四十過ぎか、ふっくらとした頬の肌のきれいな女だ。町人髷《ちょうにんまげ》の男は五十がらみ。どこか学者風の面立《おもだ》ちで、なかなかの男前である。

「向島のころからの知り合いのお登勢《とせ》さん。染み抜きの名人で、芸者さんがみんな頼る。こっちは泰造《たいぞう》さん。お登勢さんのいい人」

「あら」と言って、お登勢は頬を染めた。

「いや、お近づきになります」

そう言って笑うと泰造は人なつっこそうな顔になった。

「あなた、ひょっとしてもとは二本差しなんじゃあないですか」

惣衛門がたずねた。

「いや、お恥ずかしい。その通りです。だけど二本差しといったって、そんな立派なもんじゃないですよ。家は弟にゆずって、ある家の養子になって学問をめざしまして」

「ほう、じゃあ、湯島《ゆしま》にある幕府の昌平坂《しょうへいざか》のほうですかね」

湯島にある幕府の昌平坂学問所のことだ。

「まぁ、そこまではよかったんだけど、それからいろいろあって落ちこぼれた。今は代書《だいしょ》だろうが、戯作《げさく》だろうが、頼まれたものならなんでも書き散らしていますよ」

「それでも立派なもんですよ」

惣衛門が感心する。

「じゃあ、なんだね。おふたりはお似合いってところだ」と徳兵衛。

「まぁ、そう言っていただけるとうれしいんですがね」

泰造が首に手をやった。

「お登勢さんも律儀な人でね。ご亭主はもう十年も前に亡くなって、女手ひとつで一人娘を育てたんだ。その娘が今、人形町《にんぎょうちょう》の髪結《かみゆ》いのお師匠さんのところで修業をしているんだよ。六年の約束で今、三年目。一本立ちをするまでは、自分だけ勝手なことはできないってさ」

お蔦が言った。

「ちょっとまじめすぎるぐらいまじめな娘でね、しょっちゅう文をよこすんですが、『今は髪結いのことだけを考えています。お師匠さんにも、今が一番大事なときだから、脇見をしないようにと言われています。早く一人前になっておっかさんに楽をさせたい』なんて書いてくるんですよ」

そう答えるお登勢は娘のことが誇らしげだ。

「それじゃあ、やっぱり、待ってあげないとなぁ」

徳兵衛がうなずく。

「娘さんは今、おいくつですか」

二人の膳《ぜん》を運んできたお高がたずねた。

「今年十六。修業が終わると十九」とお登勢。

「ってことは山登りなら五合目ってところか。これからが本番だ。道も険《けわ》しくなるから、息があがって、景色どころじゃねぇかもしれねぇなぁ」と徳兵衛。

「だけどいろいろ分かって、面白くなるのも、これからだよ」とお蔦。

「だから、あたしが浮ついた気持ちでいるっていうのは申し訳なくてね」

お登勢が言った。

「いや、浮ついたって言われちゃ困っちまうなぁ。あんたは、女手ひとつで娘を育てたんだからさ、これからは自分のために過ごしていいんだ。楽しんでいいんだよ。こっちは風《ふう》来坊《らいぼう》で好き勝手やってきたから言うわけじゃないけど、お登勢さんはもう十分、頑張った。擦《す》り切れるんじゃないかと思うほど一所懸命やってきた」

　泰造がまじめな顔でお登勢に伝える。

「だけどさぁ、娘からしたらお母ちゃんはいくつになってもお母ちゃんだからさ。あたしだって恋をしたい、好きな人ができたなんて言われると、困っちまうよ」

　酒を運んできたお近が話に加わった。

「そうだよねぇ。子供からしたら、いくつになってもお母ちゃんはお母ちゃんだよねぇ。あたしだけ好き勝手したら、死んだお父ちゃんがかわいそうだよねぇ」

　お登勢はまた、しんみりとした顔になる。

「やさしいんですねぇ。でもね、お登勢さん。子供もいつか、自分の人生を歩くようになるんですよ。お母さんの気持ちを分かってくれる日がきますから」

　惣衛門が真顔で諭《さと》す。

「そうでしょう。人の顔はひとつじゃないんだ。その時々で姑《しゅうとめ》の顔、嫁の顔、母親の顔、恋女房の顔って変わるんだ。それでいいんだよ」

　泰造がお登勢の手をそっと握った。

　そのとき、お高とお栄が皿の上でじゅうじゅうと音をたてているさんまを運んできた。

　さっそく箸《はし》を入れ、ひと口食べた徳兵衛が「うまいっ」と叫んだ。

「ああ、やっぱり、丸九のさんまが一番だよ。皮のほうはパリッとして、中の身はやわらかく、わたはまだ生っぽさを残してる。さんまってぇのは、このわたがうまいんだ。ほろ苦くて、ちょいと生臭くてね。このおいしさが大人なんだ」

「まったくですよ」と泰造。

それからしばらく、さんまを食べることに熱中した。

突然、徳兵衛が顔を上げて言った。

「お、なぞかけがひとつ浮かびましたよ」

「ほう、浮かびましたか」と惣衛門。

「はい。丸九のさんまとかけて、上等の布団ととく」

「はいはい、丸九のさんまとかけて、上等の布団ととく。その心は……」

「その心は……」

徳兵衛が言うより早く、奥の客から声があがった。

「わた（綿）が肝心です」

「だめだよ。それを先に言っちまったらさぁ。しょうがねぇなぁ」

徳兵衛は苦笑いをして残念がった。

泰造は話題が豊富で楽しい男だった。徳兵衛や惣衛門にお蔦、もへじや秋作も加わって話に興《きょう》じた。夜も更《ふ》けて手の空《す》いたお高たちも、まわりに集まった。

「そうだ、座興にね、手相を観《み》ましょう。ちょいと、人から教えてもらったんですよ。お代は取りませんから。そのかわり、当たるかどうかは分かりませんよ」

泰造が言った。

「わぁ、じゃあ、あたしを観て」

お近が無邪気に手を出した。

「何を聞きたいのかな」

「ううん、そうねぇ。いつごろ、いい人に会えますか」

「ははは」

泰造がお近の手を取り、顔を近づけてながめた。

「ああ、この人はどの線もしっかりしていて元気がいい。性格は、はっきりいってはねっかえりですな。しかも、ちょいと飽きっぽいところがある。嫁入りはまだまだ先だ。焦《あせ》ることはないですよ。そうですねぇ、三年後。そのころ、いいご縁があります」

「三年後か。あたしは二十《はたち》か。ちょっと遅いけど、あたしにはちょうどいいな」

なにがちょうどいいのか分からないが、お近はうれしそうな顔になる。徳兵衛や惣衛門はにやにや笑って見ている。こんなふうに飲み屋で女を相手に占いもどきをする男はときどきいるものだ。

「お栄さんも観てもらいなよ」

お近に言われてお栄は渋々手を出した。泰造はお栄の目をしっかりと見つめてから、手の平をながめる。

「ほうほう。なかなかいいですよ。長寿の手相だ。頑健で、風邪《かぜ》などひかないでしょう」

「ああ。何年も寝込んだことはないよ」

「おや、失礼ながら所帯を持ったことがありますね。それも二度」

「あれ」

お栄が声をあげた。図星である。

「この人の手相観は案外当たるのよ」

お登勢が隣のお蔦にささやいた。

「男運が悪いとご本人は思っていらっしゃるかもしれないけれど、そんなことはありません。人生は長いですから、そちらの方面もあきらめずに」

泰造はすっかり手相観の顔になって告げる。

「そりゃあ、どうも」

お栄はまんざらでもない顔をしている。

「じゃあ、お高さんも」

お近がお高の袖をひく。

「私はいいわよ」

お高は手を引っ込めた。

「どうして、せっかくだから観てもらいなよ。面白いから」

「ああ、そうだよ。お高ちゃんもいいことを言ってもらいな」

徳兵衛がけしかける。

「そうそう。泰造さん、よく観てやってくださいね」

惣衛門が続ける。

泰造はまだ尻込《しりご》みするお高の手を取ると、じっと見つめ、大きくうなずいた。

「ああ、しっかり者の手相だ。商売繁盛《はんじょう》。蔵は建たないかもしれないけど、使うお金には一生困らない」

「ああ。そりゃあいい。そうだと思った」

お栄が茶々《ちゃちゃ》をいれる。

「ただし、男運はそうですねぇ、何と言えばいいのか」

「なんだよぉ。そこが肝心なんだ。どうなんだよ」

徳兵衛が膝《ひざ》を乗り出し、だれのことを言っているのか分かっているもへじは脇で困ったふうに笑っている。

「今ね、心に思う方がいらっしゃるなら早く決めたほうがいいですよ。できれば今年じゅう。それを逃すと、そうですなあ、あと十年はご縁がない」

「ひえぇ十年」

大きな声をあげたのは、お近だった。

「何ごとも勢いが大事なんだ。いや、私の手相観は素人《しろうと》ですからね。話半分に聞いてください よ」

泰造が穏やかな調子で笑った。


その晩、片づけ物をしていると、お近が真剣な顔で考え込んでいた。

「なんだよ。お近、どうしたんだよ」

お栄がたずねた。

「なんだか、さっきの占いが気になってさ」

「ばかだねぇ。ああいうのは座興《ざきよう》なんだよ。しばらくここにいて、みんなの様子を見ていればあれくらいのことは言えるよ」

お栄が言った。

「だって、お栄さんが二度所帯を持ったことも言い当てたじゃないの」

「まぐれだよ。所帯を持ったことはありませんって答えたら、でも、心に思った人はいますよねって言うさ」

「ふうん」

「あんたがはねっかえりで飽きっぽいことぐらい、言われなくったってすぐ分かる。それからお高さん。ここのおかみだ。女だてらに店を流行《はや》らせているんだ、しっかり者に決まっている。働き者だろうから使うお金には困らない」

お栄が解説したが、お近はまだ納得していないらしい。

「そうかなぁ」

首を傾《かし》げる。

お高はふたりの話を背中で聞きながら、使った膳をふいていた。

泰造が今年じゅうと言ったのは、お高ではなく、娘の心配をして心が決まらないお登勢に向けての言葉ではなかったのか。そろそろ母親を卒業して、自分のために生きてほしい、そんな思いをそれとはなしに伝えたかったのかもしれない。

少しの酒に酔ったお登勢の目はきらきらと輝いて、恋する女の顔をしていた。

二

その数日後、お高は秋作から双鴎《そうお》の食事をつくってほしいと言われて画塾に出向いた。

夏の疲れと言っていたのに、双鴎の食欲は北風が吹くころになっても戻らないのだ。

台所に行くと、秋作が米を研《と》いでいた。

「先生はさんまが食べたいとおっしゃるんですけど……。このごろ脂《あぶら》の強いものを食べると、後で調子が悪くなるんです」

「好きなものを食べていただくのが一番なのよ。残してもいいから一尾焼きましょうか」

千切りにした長芋《ながいも》をやわらかな生湯葉《なまゆば》で巻いて酢醤油で。芝えびをたたいて団子にしてしめじとともに香りのよい吸い物にする。ご飯はにんじんを炊き込む。香の物は秋なすにした。あらかた準備をして、七輪を出してさんまを焼く。盛大に煙があがり脂がしたたり落ちた。

器が大きいと見ただけで胸がいっぱいになるというので、小ぶりの皿に盛り付けて膳にのせる。さんまだけは別の膳にして、秋作とともに双鷗の部屋に運んだ。

もへじが来ていた。

「ああ、うまそうだなぁ。先生、ご所望のさんまもありますよ」

明るい声で誘うので、双鷗も箸をとった。

「ああ、さんまだ。うれしいねぇ。今日は朝から食べたかったんだ」

ひと口、ふた口食べるがやはり脂がきついのかもしれない。吸い物やにんじんの炊き込みご飯のほうに箸が動く。

「いや、ありがとうございます。おいしくいただきました」

双鷗は箸をおくとていねいに頭を下げた。膳には半分以上残っているが、それでもふだんからすると、ずいぶん食が進んでいるという。

「ところで、作太郎は丸九さんに顔を出しましたか？　十日ほど前に、もう少ししたらこちらに戻ると知らせてきたが、いくら待ってもやって来ない」

双鷗は子供のようにすねた顔をした。

「私どものほうにもお見えになりません」

「そうですか。困ったものだ。いつまでも風来坊で」

「先生、頼みたい仕事があるんですか？」

もへじがたずねた。

「いや、頼みたいのも頼みたいんだが……。そうでも言わないと、あの男はここに顔を出さない。その気になれば、また以前のように描けると思っているのかもしれないけれど、そうはいかない。手だって始終動かしていなければ固まって思うようになってくれない。絵心っていうのは、気まぐれなもんなんですよ。しっかりつかまえていないと、するりと逃げてしまう」

「まったく困ったもんですよ。今度見つけたら、首に縄をつけて引っ張ってきますから」

もへじが冗談めかして言った。

「そうしてくださいよ。若いうちはいろいろあるもんだけれど、もう、いい加減若くはないんだ。そんなふうに脇見ばかりして、せっかくの天賦《てんぷ》の才を捨ててしまう者をもう何人も見てきましたからね」

双鷗はくどくどと言った。そういうことは今までなかったことで、お高は双鷗の衰えを感じてしまった。

膳を下げるのをもへじが手伝ってくれた。

廊下に出ると、お高は小声でたずねた。

「先生はどこが悪いんですか？」

「医者は夏の疲れが出ただけだと言うのです。しっかり食べて、ぐっすり眠れば回復すると。けれど、ご存じのように食はますます細くなってしまった。ふだんは、小鳥のように少食だ」

「それじゃあ心配ですね」

お高は双鷗のやせた顔を思い出しながら言った。

「このごろ、作太郎のことをとても気にしているんですよ。英の跡取り息子を先代から預かった。一人前の絵描きに育てると先代と約束したとおっしゃるんです」

「でも、もう、作太郎さんは立派な大人じゃないですか。一人前の絵描きになるかならないかはご本人が決めることじゃないのですか」

「私もそう言ったんですけどね。ときどき、双鷗先生は作太郎をまだ十代のように思うらしい」

そう言ってもへじは口をつぐんだ。

双鴎は少し記憶が混乱するようになったのかもしれない。お高が考えるよりも、双鴎の病は進んでいるのだろうか。

「英の噂《うわさ》を聞いていますか？　うまく回っていないらしいのですよ」

唐突にもへじが言った。英は作太郎の実家であり、兄妹のように育った許嫁《いいなずけ》のおりょうがおかみをしている。

「夏にお栄さんとお近の三人でうかがったときは、そんなことは感じませんでしたけれど」

「しばらく前に板前が辞めたのはご存じですか？　若いけれど、なかなか面白い料理を出すと評判がよかったんですけれど……。金のことでもめたからだ。そんなふうにも言われています」

もへじは難しい顔になった。

お高はおりょうの整った顔を思い浮かべた。年は三十半ばごろ。黒い瞳の切れ長な目がまっすぐに人を見る。澄んだ、強いまなざしをしていた。

「あの家は作太郎のひいじいさんがはじめた店だ。おりょうさんは知り合いの娘さんで、ゆくゆくは作太郎の嫁となり、ともに店を守るはずだった」

その作太郎が絵の道に進む。そのこと自体は悪くはない。双鷗画塾を出た優れた絵描きとしての顔があり、その一方で英の主《あるじ》もつとめる。かつての英がそうであったように文人《ぶんじん》墨客《ぼっかく》の集まる館《やかた》として名をあげることができる。

作太郎を双鷗に預けたとき、そこまでの思惑《おもわく》は父である先代にはなかっただろう。だが、たぐいまれな画才があると双鷗が認め、周囲が期待するようになると、そうした図式は容易に浮かんでくる。

だが、作太郎は道半ばで絵筆を捨てた。店に戻る気もなく、今は、焼き物を学ぶといって各地を巡っている。

その間、英を守っているのはおりょうだ。

「おりょうさんはあの家の血筋ではないから姉の猪根《いね》さんにしたら、いつまでもこんなふうでは、いずれおりょうさんに店を取られるかもしれないと心配になる。だけど、うまくいかないと聞けば責めたくなる。どっちに転んでも気が休まらない。おりょうさんも苦しい」

——作太郎がはっきりしないから、みんなが困る。

その思いをお高は飲み込んだ。

「申し訳ない。よけいなことを言いました。作太郎からは十日ほど前にこちらに戻るという文をもらってそれっきりだ。どこにいるのかも分からない。つい愚痴りたくなった」

そう言うと、いつもの明るいもへじに戻った。

また、数日後、店が終わって片づけをしているとき、お近が言った。

「ねぇ、今度、向島の百花園《ひゃっかえん》に行こうよ。紅葉《もみじ》がきれいなんだって」

向島百花園は骨董《こっとう》商の佐原鞠塢《さはらきくう》が文化のころに開いた庭園だ。三百六十本もの梅を植えたことから、亀戸《かめいど》の梅屋敷にならって新梅屋敷と呼ばれ、文人墨客に親しまれた。そののち、園主やなじみの深い文人たちが詩歌《しいか》にゆかりのある草木を植えて、百花園と改名された。

「あそこは梅だろ?」

お栄が渋る。

「秋の花もきれいなんだって。萩《はぎ》に桔梗《ききょう》、女郎花《おみなえし》が咲いているって。日本橋から出る乗合《のりあい》の舟があるから半時もあれば向こうにつく。午後に出かけて夜には戻って来られる」

強く推す。

「ちょっとした舟旅ね。それはいいわね、木更津《きさらづ》以来だわ」

お高はうなずいた。

以前、徳兵衛の妻のお清《きよ》に誘われて木更津に行ったことがあった。たけのこ好きの徳兵衛は木更津に山を買い、たけのこの季節になると出かけていって十日も帰ってこない。調子にのりすぎたのか、腰を痛めて戸板に乗って帰ってきたものだから、さすがのお清も堪忍袋の緒が切れて、木更津の山を売りに出す、とにかく山を見に行くと言いだした。その助っ人というわけではないが、お高、お栄、お近の三人もいっしょに行くことになったのだ。

「そうそう。木更津は楽しかった。うんうん」

お栄はあの旅のあれこれを思い出したらしい。それで、すっかり乗り気になった。

翌日、仕事を終えてから三人で出かけることにした。

お近はさっそく知り合いに頼んで、向島に行く屋形船《やかたぶね》に乗せてもらう約束を取り付けてきた。夜に向こうを発《た》つので、帰りもそれに乗せてもらうのだ。

「屋形船か、豪勢《ごうせい》だねぇ。さすがに顔のひろいお近ちゃんだよ」

いける口のお栄は上機嫌で酒を入れた徳利《とっくり》を用意した。お高も煮しめや玉子焼き、かまぼこを重箱に詰めた。

その日は昼を少し過ぎたところで店を閉め、丸九の女たちは三人で船着き場に行った。

「やあ、丸九のお三人さん、お待ちしていましたよ」

船頭が現れて声をかけてきた。日に焼けて黒い肌をした六十過ぎと見える男である。

「あら」と、お高が言った。

「おや」と、お栄がつぶやいた。

「なんでっ」お近が小さく叫んだ。

ずいぶんと古い、そして小さい舟だった。屋根はある。だから屋形船であるのは間違いないのだが、見れば梁《はり》の上によしずをのせただけである。脇には風よけもなくて、ずいぶんと風通しがよさそうだ。

「屋形船にしちゃ、船賃が安いと思ったわ」

お高がつぶやく。

「色気がないねぇ」

お栄も続ける。

「船頭やって五十年。この舟は見かけは古びているけど、わしと同じでまだまだ元気だ。こぎ手の息子も腕は確かだ。ごらんの通りの小さな舟だが、大船に乗った気で旅を楽しんでください」

自分の冗談に自分で笑った。

「まあまあ、お高さんもお栄さんもせっかく来たんだ。楽しまなくっちゃね」

お近に背中を押されて三人は舟に乗り込んだ。

しばらくすると若い男女がやって来た。ふたりとも二十ぐらいか。男は黒っぽい木綿の着物で、顔も手も日に焼けている。いかつい顔をしている。女はふっくらとした頬のかわいらしい顔をしている。どこかのお店《たな》の奉公人だろうか。

ふたりが乗り込むと、舟は大きく揺れた。

「じゃあ、舟を出すよ」

船頭が大きな声で言って、舟の後ろにいる息子が艪《ろ》をこぎだすと、舟はすべるように走り出した。

秋晴れと呼ぶのにふさわしい晴天が広がっている。日差しは思いのほか強く、三人の肌を焼いた。見慣れた町の風景も舟から見ると、ずいぶんと違う。川面《かわも》はきらきらと光り、白い都鳥《みやこどり》の群れが飛んでいく。

たちまち三人は行楽気分になった。

「ほら、柳が見える。ねぇ、ここは浜町《はまちょう》のあたり？」

お高がたずねた。

「なに言ってるんですか。もう両国橋ですよ」

お栄は徳利を取り出して、手酌《てじゃく》で飲みはじめた。お高が重箱を開けると、お近はさっそく箸を煮しめにのばして目を細めた。

「ああ。おいしい。舟の上だといつもより、もっと味がいい」

こぎ手がいいのか舟はあまり揺れない。水をかく音だけが響いてくる。岸に目をやると、のんきに釣りをする人の脇を荷物をかついだ商人らしい人影が忙しそうに過ぎていった。

「働いている人もいるのに、私たちだけ、こんなにのんびりしていていいのかしら」

お高はつぶやいた。

「なにを言っているんですか。あたしたちは人が寝ている時分から働いているんですよ。ゆっくりしたっていいんです」

お栄が意見する。

「ね、あの鳥、なんていうの？」

お近が水に浮かんでいる茶色でくちばしの先だけ黄色い水鳥を指さした。

「ああ、あれはかるがもよ。春に小さい雛《ひな》を連れて引っ越しをするの」

お高が答えた。

「じゃあ、後ろにいるのがこども？」

今度は緑と栗色の頭の鳥を示した。

「あれは、こがも。小さいけどおとなの鳥よ」

お高に教えられて、お近は熱心にながめている。

そのとき、鋭い女の声がした。

「ねえ、ちょっと、あんた。なんだってそんな古い風呂敷《ふろしき》包みを持ってきたんだよ。きれいな風呂敷だったら、いくらだってあるのにさ」

お高とお栄、お近は艫《とも》の方に目をやった。後から乗ってきた女が目を三角にして怒っている。

「そんなこと言うんなら、出しておいてくれたっていいじゃねぇか」

連れの男が言い返す。どうやらふたりは荷物を包んでいる風呂敷のことで言い争っているらしい。

「別に、風呂敷なんてさぁ、どうでもいいのに」

お栄が小さな声でつぶやいて舌を出す。しかし、ふたりにとっては大問題らしい。

「子供みたいなことを言わないでおくれよ。こっちは着物から何から用意したんだ。風呂敷くらい、自分で探しなよ」

「分かったよ。じゃあ、風呂敷は隠しておくよ。見せなきゃいいんだろ」

男がそっぽを向く。

「ああ、それからね、言葉遣いもていねいにね。俺はなしだよ。私って言いな」

女はまた新しい言葉の矢を放つ。

「そんなつべこべ言うんだったら、もういいよ。面倒くせえ。俺は行きたくねぇ」

男が言い返す。

「はぁ。よくもそんなことが言えたね」

ああ言えば、こう言う。元気のいいふたりである。

「まぁまぁ、そこのおふたりさん。何をもめているのか知らないけどさ。せっかくの遠出じゃないか。ちょっとこっち来て、酒でもごいっしょしませんか」

お栄が誘った。

ふたりは、はっとしたようにこちらを見た。

「どうぞ。少しですが、おかずもありますよ」

お高が声をかけた。

「いいんですかねぇ」

男がたずねた。

「どうぞ、どうぞ。大勢でつまんだほうが楽しいですから」

お高が重ねて誘う。

それでふたりもお高たちに加わった。

「あ、いや、すみませんねぇ。恥ずかしいところをお目にかけて。いやね、所帯を持つんで、こいつのお袋のところに挨拶《あいさつ》に行くところなんですよ」

男は頭をかいた。

「あれ、もしかして」

お近の言葉にお高が目をやった。娘のお腹《なか》はふっくらとしている。

「へへ。そうなんですよ。ちょいと順序が逆になっちまったからさ。こいつのお袋さんにどやされそうで怖いんだ」

それで風呂敷がどうの、俺と言うのはどうのと争っていたのだ。

「そんなことはないでしょう。めでたいことなんだもの。堂々としていけばいいわよ」

お高は男に盃《さかずき》を渡し、酒を注《つ》いだ。

男は松吉《まつきち》、人形町界隈《かいわい》を歩くぼて振りの魚屋。女はお糸《いと》といい、同じく人形町の髪結いの師匠のもとで修業をしているという。

「なにしろ立派なお袋さんでね、亭主を早くに亡くして、女手ひとつで育てたんだ。そいでもってさ、こいつったら、俺のことを、立派な魚屋の息子だって文に書いちまったんだ。俺はただのぼて振りなのにさ」

「おや、そりゃぁ、なんだねぇ」

お栄が遠慮のない声をあげた。

顔も手足もよく日に焼けて、力のありそうな体つきは、どこから見ても働き者のぼて振りだ。乳母日傘《おんばひがさ》で育った魚屋の惣領《そうりょう》息子には見えない。

「どうして、ちゃんと本当のことを書かなかったの？」

お高がたずねた。

「だってさぁ。おっかさんはあたしがまじめに髪結いの修業をしていると思い込んでいるんだ。好きな人ができました。相手はぼて振りの魚屋です。春には子供も生まれますなんて書けないよ」

「だけど、ずっと、嘘《うそ》をつきとおすわけにはいかないよ。どうするんだい」

　お栄が心配そうな顔になった。

「うん、それは困っているんだけどさ、とりあえず、今は、おっかさんにはそういうことにしておきたいんだよ。あたし、おっかさんをがっかりさせたくないんだよ。苦労してあたしを育ててくれたからね」

　お糸はそう言ってお腹をさすった。

「親思いなのねぇ」

　お高は感心して言った。

「こいつのお師匠さんっていうのは、人形町じゃ、ちっと名の知れた髪結いでね、そこで六年、みっちり修業をしたら、もうどこでもやっていける、食うに困らねぇって人なんだ。そのかわり、厳しいんだ。家に帰るのは盆と正月の一日だけ。で、こいつはせっせとお袋さんに文を書いていたってわけだ」

「それで、いいことばっかり書いていたんだ」

　かまぼこを食べながらお近が言った。

「嘘をつくつもりじゃないんだよ。ただ、おっかさんを安心させたかっただけなんだよ。朝早く起きて、掃除をしています。お師匠さんにはていねいな仕事ぶりだとほめられました。早く、一人前になっておっかさんに楽をさせたいです……。だってね、おっかさんはいつでも、あたしを一番に考えてくれたんだ。あたしが言うのもなんだけど、けっこう美人のほうだから寄ってくる男もいた。けど、あたしのためにそういうやつらはみんな追っ払った。ずっと独り身を通したんだよ。それで、あたしがおっかさんみたいに手に職をつけたいと言ったら、人形町で一番っていう髪結いのお師匠さんを見つけてくれた。あたしはおっかさんが大好きなんだ。だから、おっかさんを喜ばせたいんだよ」

お高たちは、おやと顔を見合わせた。どこかで聞いた話のような気がする。

「まぁ、気持ちはわかるけどさ」

お栄は松吉の盃に酒を注ぎながら言った。

「ちぇ、自分は、しょっちゅう、お師匠さんや姉弟子さんに叱《しか》られてるのにさ」

松吉が茶々をいれる。

「あたしだって頑張っているんだよ。だけど、うまくいかないんだ。だけどさ、文を書いているとね、なぜか、こうあったらいいなあというあたしになっちまうんだ。飲み込みが早くてよく気がついて器用で働きもんで、みんなにかわいがられている。そういうときは、もう、どんどん筆が進むんだ」

「ねぇ、だけど、春には赤ちゃんが生まれるんでしょ。髪結いの修業はどうするの？」

お高がたずねた。

「お師匠さんに言われました。赤ん坊を抱えて今まで通りの修業はできないから、ここは出ていってくれって」

「引導《いんどう》を渡されちまったわけかい。そりゃあ、困ったねぇ」

お栄がつぶやく。

「でもね、あたしはもう三年間、お師匠さんのところで修業をしたから、ひと通りのことはできるんですよ。丸髷《まるまげ》だってちゃんと結えるんです」

お糸は言葉に力を込めた。

お高とお栄、お近はまた、顔を見合わせた。

三年なら、まだやっと半分。山登りなら五合目である。本格的な修業がはじまるのは、これからだ。この前、そんな話をしたばかりである。

「いいよな。俺が一所懸命働いて、いつか店を持つんだ。お糸と赤ん坊にはひもじい思いをさせないから。安心しろ」

松吉が心強いことを言う。

「やさしいねぇ、いい男だ。そうだよ。それでこそ、亭主だ」

お栄が持ち上げる。

草の香りを含んだ風が吹き抜けていった。いつの間にか、舟から見える景色も畑と田んぼに変わった。

「ねぇ、そもそも、あんたたちどこで知り合ったの？」

　お近がたずねた。

「だからさぁ、お師匠さんところでは掃除、洗濯、炊事が修業のうちなんだよ。で、松吉さんが毎日、魚を売りに来て、だんだん話をするようになって……」

「あんた、最初から、お糸さんに目をつけて、いろいろ親切に面倒をみたんだろ」

　お栄が肘《ひじ》で松吉をつつく。

「そりゃあそうだよ。初めて見たときに、あ、かわいいって思った。だから、それからは一所懸命だよ。鰯《いわし》だって、鯵《あじ》だって大きくて形のいいやつを持って行くんだ。今日は煮魚かい、刺身かいって聞いて、その場でちゃちゃっとかっこよくさばいてやる」

「あはは。あんたもやるねぇ」

　お近が笑う。

「だけどさ、髪結いさんが何人もいるから、違うやつが出てくることがあるんだよなぁ。そういうときでも、嫌な顔はしないんだよ。いつもと同じように、ていねいな仕事を心がける。だけど、魚はちょっと小さいかな。で、最後にたずねる。お糸さんは今日はいないんですかって」

「それじゃあ、お糸さんの顔を見に来たってことすぐ分かるわねぇ」

　お高が言う。

「そうだよ。そのうち、こいつが必ず出てくるようになった」

「それで、めでたし、めでたしか」

お栄がうなずく。

「やさしいし、働き者だし、いい人じゃないの。お母さんの願いはお糸さんが幸せになることなんだから、ちゃんと話をすれば分かってくれるわよ」

お高は言った。

「そうだよ。だから嘘はいけないよ。正直に話しな。今は怒ったとしてもさ、孫の顔を見ればお母さんの気持ちは変わるよ」

お栄も続ける。

「そううまくいくといいけどさぁ」

お糸がつぶやく。

「よし、景気づけにもう一杯飲みなよ」

お近が松吉に酒をすすめた。

「だめだよ。もうやめておく。赤い顔して、こいつのお袋に会えないよ」

松吉はあわてて手を横にふった。

舟が向島についたときは、まだ日が高かった。

もともと川の反対側には隅田川《すみだがわ》御殿《ごてん》と呼ばれる将軍の休憩所があり、こちらは川をはさんだ向こうの島になるので、将軍の向こう島、それが短くなって向島と呼ばれるようになったそうだ。粋《いき》な芸者衆が集まるようになったのは、そのずっと後のことである。

小さな船着き場に下りた。足元には青紫のりんどうが咲いている。

「まあ、ちょうど、今が見ごろねぇ」

お高は思わず足を止めた。

「本当だ。いい時に来ましたよ」

お栄も見上げている。

まっすぐ行けば料理屋が並ぶ界隈で、角を曲がって細道を進めば百花園だ。

「じゃあ、あたしたちはこれで」と松吉とお糸は小さく頭を下げて去っていった。

「さあ、あたしたちも早く行こう」

お近が先をうながす。

「なんだよ。そんなに急がせなくったっていいじゃないか。あたしはちょいと飲みすぎてさ、歩くのが面倒になった」

「舟に酔ったんじゃないの？　なんだか、あたしも足元がふらふらするのよ。そこの茶屋で少し休んでから行きましょうよ」

道の脇にはお休み処《どころ》と書かれた小さな幟《のぼり》が三人を誘っている。なぜか少し焦っているお近をおいて、お栄とお高は茶屋に向かった。

「すみません、お茶を三つ」

お高は腰をおろして、店の女を呼んだ。

「なんだか、ずいぶん、遠くに来たような気がするわねぇ」

お高はのんびりとした声を出した。空の色も風の匂いも日本橋とはずいぶんと違う。

「舟で来たからよけいにそんな気がするんですよ。浅草《あさくさ》からだって、そうは遠くないんだから」そう言うお栄も腰を落ち着けている。

「お饅頭《まんじゆう》も頼みたいところだけど、さっき、玉子焼きもかまぼこも食べちゃったし」

お高は思案している。

「ねぇ、ねぇ、ここで時間をとったらだめだよ。早く行かないと、門がしまっちゃう」

お近は先を急がせる。

「大丈夫。百花園は逃げないから」

お高はのんびりと茶を飲みながら言った。

「そうそう。もう、すぐそこだろ。ここまで来て、何を急ぐことがあるんだよ。おや、そういえば、木更津に行ったとき、お高さんは伊平《いへい》さんに会いに行きましたよね」

お栄はさらりとお高のかつての想い人《おもびと》の名をあげた。

「会いに行けとけしかけたのは、お栄さんじゃないの」

お高は頬をふくらませた。

伊平は丸九で働いていた男だ。上方《かみがた》の料理も学びたいと旅立った。やがて文も途絶え、居場所も分からなくなった。その伊平が木更津で海苔《のり》の漁師をしていると噂に聞いたのだ。旅立ってから十二年もたつ。今さら会ってどうなるという気持ちと、もう一度会いたいという思いのはざまで揺れ、ともかく伊平本人であるかどうかを確かめようと住まいをたずねた。

別人だった。

けれど、そのことで、お高は自分の中の思いにひと区切りをつけることができたのだ。

「でも、あのとき、行ってよかった。ありがとう」

「はは、あたしのおせっかいも役に立ったってわけだ。じつはね、ここに来て、あたしもひとつ考えを改めたことがあるんですよ」

お栄は居住まいを正し、お高の顔をまっすぐに見た。

「あら、そうなの？　なにを？」

お高がたずねた。

「九蔵さんはね、亡くなる前に、あたしにお高を頼むって言ったんですよ。その頼むっていうのは、嫁に出してくれってことじゃないかと、あたしは思った。嫁に出すまでが親の仕事って気持ちがあるじゃないですか。旦那《だんな》さんは、お高さんをひとり残すのが心配だった。だれかいい人と縁を結んでくれって、あたしに頼んだ」

「そんなふうに考えていてくれたのね。ありがとうございます」

お高は素直に礼を言った。

お栄はいつも、お高についてあれやこれやと心を配ってくれる。とりわけ熱心なのは色恋でしきりにお高の背中を押した。

「あのとき、お高さんは二十一で、こう言っちゃなんだけど料理人としてもまだまだ未熟で、店を続けていかれるかどうかも分からなかった。だから、店を続けることにこだわるよりも、自分の幸せを第一に考えてほしい。だれか頼れるしっかりした人を見つけてくれ、添《そ》わせてくれ、人生のつっかえ棒を探してくれって、あたしに頼んだ。そう思ってたんですよ。だから、あたしも一所懸命、そっちの方面に目を光らせていた」

あははとお高は声に出して笑った。

残念なことに、浮いた話もたいしてないまま、二十九だ。

「でもさ、自分のことを振り返ってみたらさ、あたしは所帯を持つってことにいい思い出もないし、正直いって、もうたくさんだって思っている。そりゃあさぁ、いい具合に、頼れるしっかりした人とめぐり会えればいいけれど、そうじゃないときは、目もあてられない。苦労するのは女だからさ」

お栄の最初の亭主は体が弱く、お栄は体のいい働き手と思われていた。二度目の亭主は乱暴者で、お栄は別れた後もその幻におびえていた。

「だからね、あたしはこの前、九蔵さんのお墓に行ってね、そのことではもうお役に立てませんってあやまった」

「まぁ」

お高は目を丸くした。

わざわざ九蔵の墓に告げに行ったのか。いかにも律儀なお栄らしい。

「お高さんは、もう今は立派なおかみになった。ひとりで十分。つっかえ棒はいらない。あたしはお高さんのあれこれに口をはさまない」

お栄はきっぱりと言いきった。お高は胸が熱くなった。その脇でお近が神妙な顔でふたりのやりとりを聞いている。

九蔵が亡くなる前、お高と店を続けるかどうか話をした。九蔵はお高が店に夢中になって嫁にいきそびれると心配した。

話はそれで終わったと思っていたら、九蔵はお栄に託していたのだった。

父と母は仲が良かった。

英を辞めたのも、ひとつには病に臥《ふ》せった母のそばに居てやりたいという思いがあったからだという。父は幸せだったのだ。母もそうだったのだろう。だから、娘のお高にもそういう幸せを与えてやりたいと思ったのだ。

「これからはご自分で考えて、進んでください。そうしてお高さんが思う幸せをつかんでください。もしも、ですよ、もしも仮に店を辞めることになっても、あたしのことは心配ないですから」

「そうはいかないわ」

お高は言った。

「そうだよ。あたしは困っちまう」

お近も真剣な顔になる。

「ばかだねぇ。もののたとえだよ。あんたの働き口くらい、探してやるよ」

お栄が言った。

空の高いところでとんびが鳴いていた。そろそろ先に進まないと、短い秋の日は陰ってしまう。

そのとき、ひと組の中年の男女が店に入って来た。見れば泰造とお登勢である。

「あら」

お高の声で、ふたりも気づいた。

「おや、これはこれは」

泰造が会釈《えしゃく》をする。

「まあ、こんなところで」

お登勢が華やいだ声をあげた。

「いえね。向島百花園の花がきれいだって聞いてやって来たんですよ」とお高。

「ああ、そうですよ。今がちょうど見ごろだ」泰造が言う。

「そのすぐ先があたしの家なんですよ。よかったら、お立ち寄りください。何もございませんけれど」

お登勢が如才《じょさい》なく誘う。

「そうそう。いい酒を手に入れたんですよ。これから、いっしょに飲もうと言っていたんだ。なぁ」

泰造とお登勢は寄り添って仲睦《なかむつ》まじい夫婦のようだ。

「まあ、相変わらず仲の良いことで」

お栄が笑う。

そんなとき、横から「おっかさん」と大きな声がした。

「その男の人、だれよ」

声の方を見ると、さっき舟でいっしょだったお糸が目を三角にして立っている。横には松吉の姿がある。

「あれ、お糸。あんた、なんでここに？」

お登勢があわてて泰造から離れた。

「おっかさんに会いに帰って来たんだよっ」

お糸が声をはりあげた。

「あれぇ」とお近。

「やっぱり、そうだったのか」とお栄。

「もう、世間は狭いんだから」とお高。

舟で話を聞いていたときから、もしやとは思っていたのだ。

人形町の髪結いで六年間の修業をしている娘。女手ひとつで娘を育てた母親は向島にいる。文のやりとり……。

だが、お糸は身ごもって修業の半ばで師匠のもとを出されている。こんなふうに一方的に母親を責められる立場ではないのだ。ここは下手《したて》に出ておくのが得策なのだが、頭に血がのぼってそんな計算はすっとんでいる。

「だから、この人はただの知り合いだよ。近所の人で……。今日はたまたま……」

「ちょっと、その髪型なによ。なんで、そんな派手な髪をしているのよ。もっと年相応の地味な丸髷にしなよ。なんだよ。若づくりしていやらしい」

さすが髪結いの修業をした娘だ。すぐにお登勢の髪型に目がいったらしい。ポンポンと言いつのる。しかし、そこまで言われて黙っているお登勢ではない。

「あんたこそ、来るなら来るって文ぐらいよこしなよ。だいたい、藪入《やぶい》りでもないのに、なんで帰って来たんだよ」

さっきまでのよそゆきの声ではなく、太い地声で負けじと言い返した。

「自分の家なんだ、いつ帰ろうと、あたしの勝手だよ」

「なんだよ、ひとりで大きくなったような顔をしやがって」

ふたりでにらみ合う。

松吉は恐れて声も出ない。

「まぁまぁ、お糸さんも落ち着いて、ね、さぁ」

さすがに場数を踏んでいる泰造が割って入った。しかし、これは火に油を注ぐ結果になった。

「なんだよ、なれなれしい。あんたにお糸さんなんて呼ばれる筋合いはないよ」

お糸が泰造をにらんだ。

ここで、ようやくお登勢はお糸のふくらんだ腹に気づいた。

「お糸、あんた、まさか、その体……」

「そうよ。赤ん坊がいるの。この人の子よ」

お糸の挑戦するような言い方に、お登勢が目をむく。

「それじゃあ、髪結いのお師匠さんはどうしたんだよ」

「辞めてやったわよ。こっちから」

お糸が怒鳴る。

「ひぃぃぃ」

お登勢はめまいがしたらしく、少しよろけた。

「まぁまぁ、ふたりとも少し落ち着いて話をしようじゃないですか。ここじゃなんだからさ、とりあえず、家に行ってさ」

泰造がなだめるように言った。


お高とお栄とお近はそっとその場を離れた。

気配を消して木立の中の道をまっすぐ百花園に向かって進む。こんもりと繁《しげ》った林がしばらく続き、それを抜けると視界がきれて大根畑になった。あたり一面、緑の葉で埋め尽くされている。

「ふうう」

ここまで来て、お高はやっと大きく息を吐いた。

「修羅場《しゅらば》だったねぇ」

お近が言う。

「まったくだ。どうなることかと思った」

そう言いながら、お栄は楽しそうにしている。

「いやあねぇ。お栄さんったら、もう」

そういうお高も苦笑いだ。

「他人がもめているのを見るのは、どうしてこんなに面白いのかねぇ」

とうとうお栄は腹を抱えて笑いだした。

「だからさぁ、最初からお体裁《ていさい》をしないで、本当のところを伝えておけばよかったんだよ。修業は大変です。お師匠さんに毎日叱られています。楽しみは松吉さんの顔を見ることだけですとかさ」

お栄が言う。

「おっかさんにはいい人ができました。いっしょにお酒を飲むのが楽しみですとかね」

お高も続ける。

だが、それは親しい友達に送る文で、娘から母へ、母から娘に送るものではない。母の顔、娘の顔というものがあるのだ。

「泰造さんが、人にはいくつも顔があると言っていたのは本当だね。お登勢さんも店に来たときは好きな人の前のかわいい女の人って顔をしていたのに、お糸さんを見た途端、おっかさんの顔になった」

お近がしみじみとした言い方をする。お糸だって松吉を前にしていたときはしっかり者の女房の顔をしていたのに、お登勢に会った途端、娘に戻ってしまった。

「本当ねぇ」

自分にはいくつの顔があるだろうと思いながら、お高は相槌《あいづち》を打った。

仕事の顔とふだんの顔。どちらも、あまり変わりがないような気がする。作太郎の前では少し変わるだろうか。

いつも同じ、変わらない顔。

母の顔、娘の顔、女房の顔、仕事のときの顔、いろいろな顔を持っている人のほうが豊かな日々を送っているような気がする。ほんの一瞬、淋しい気持ちがすり抜けた。

「ねぇ、ねぇ、あの人たちはどうなるの？」

ずっと考えていたらしいお近が心配そうな声をあげた。

「大丈夫よ。泰造さんはわけの分かった大人だし、あの松吉もしっかりしたいい男だもの。お登勢さんもお糸さんも、仲良しでしょ。まぁ、今は少し違う方向にいっているけどね。ちゃんと収まるところに収まるわよ」

お高が言った。

「そっかぁ」

お近は安心した顔になった。

大根畑が切れて、またこんもりとした林になった。道の向こうに向島百花園の入り口が見えてきた。

三

気づけば西の空に浮かぶ雲が染まっている。足元の影も長く伸びている。もう、ほどなく陽《ひ》が落ちるだろう。ねぐらに帰る烏《からす》たちが鳴き交わしながら飛んでいった。

「あらあ、秋の花を愛《め》でるどころじゃなくなったわねぇ」

お高は言った。その声が木立の中、うつろに響く。

「まぁ、寄り道もありましたからね」

お栄が苦笑いする。

百花園を散策して、その後、どこかで夕餉《ゆうげ》をして帰るというのがお高たちの心づもりである。

「じゃあ、しかたない。戻りますかねぇ」

お栄が言って、お高も歩きだした。お近だけがなにやらあたりをきょろきょろと見回していた。

「ちょっと待って、ここに人が来るんだってば」

「来るって、だれが」

お高がたずねた。

「だから、もへじさん」とお近。

そのとき、「おおい」と聞いたことのある声がして、脇道からもへじが姿を現した。

「やあ、いらっしゃい。工房はこっちですよ。作太郎も待っています」

「工房って？　作太郎さん？」

思わずお高は聞き返した。

「そうなんですよ。作太郎のやつから突然文が来た。向島があんまりいいところなんで思わず長居をしてしまったと書いてある。相変わらず、のんきなもんだ。そんなにいいところならと、お近さんにも声をかけてみなさんに来てもらったんですよ」

もへじはからからと笑ってみせた。

「黙っていてごめんね。お高さんを驚かせようと思ったんだよ」

お近がちろりと舌を出した。

しばらく林の間の小道を歩いて行くと、道の先に藁《わら》ぶき屋根の小さな田舎家《いなかや》が見えてきた。そこが作太郎が居候《いそうろう》をする陶芸家の住まいだという。

もへじが「おおい」と呼ぶと、母屋の脇の小屋から作太郎が姿を現した。そこが作陶《さくとう》をする工房で、作太郎は作業の途中だったらしく藍色《あいいろ》の仕事着が土で汚れていた。顔も手も日に焼けて黒く、明るい目をしていた。

「いやあ、お久しぶり。どうですか、向島はいいところでしょう」

作太郎が白い歯を見せて屈託《くったく》のない様子でたずねる。

変わらない姿にお高は笑みを浮かべた。

「向島っていうから、ちんとんしゃんって三味線でも聞こえてくるのかと思ったら、鳥とんびの声しか聞こえないじゃないか」

お栄がさっそく文句をつける。

「そこがいいんじゃないですか。日本橋からちょっと離れただけで、こんなに静かでひなびている」

作太郎はうれしそうな顔をした。

工房から白いひげの老人が出てきた。どうやらこの家の主らしい。陶晴《とうせい》と名乗った。

「遠いところからわざわざありがとうございます。お話はうかがって、楽しみにしていましたよ。まぁ、何もないところですが、記念にひとつ、みなさんで楽焼《らくやき》でもいかがですか」

陶晴が先に立って案内した。工房に入ると習字の手習いでもするように机が並び、素焼きの皿と筆や絵具も用意されている。

さっそくお高とお栄、お近、それに作太郎ともへじも席に着く。

「何を描いたらいいの？」

お近がたずねた。

「なんでも、好きなものをどうぞ。私が後で釉薬《ゆうやく》をかけて乾かし、裏の窯《かま》で焼いて届けさせます」

陶晴は笑顔で工房から出ていった。

「じゃあ、あたしは花火だ」

お近はさっそく筆を手にする。

「花火か。華やかでいいですね」

作太郎が言う。

「今年の花火はあたしにとっては特別なんだ。一生思い出に残るもんだ」

そう答えたお近は真剣な面持《おもも》ちになった。

お栄はひょろりと丸を描くと目鼻をつけた。笑っている女の顔である。その隣は三角《つの》が生えているので怒っているらしい。涙を流して泣いている顔、口をとがらせてすねている顔。

その脇にすらすらと文字を入れる。

「秋深し女の顔は一人十色《いちにんといろ》」

「なんですか、これは」

もへじがたずねた。

「来るときにそういうことがあったんだよ」

お栄はすまして答えた。

お登勢やお糸のことを思い出して、お高とお近はくすくすと笑った。

お高は縁《ふち》に連続に波模様を入れた。中央が空いてしまったので、「福」と入れた。

「本気で使う気ですね」

お栄が言った。

「違うの？」

お高は意外な気がして聞き返した。

「違いますよ。こういうのは記念なんだ。そのときの気分を写す」

お栄があっさりと答える。

「ほう。さすがだなぁ。絵というものが分かっている」

もへじが言って、みんなが笑った。当のもへじは屋形船である。三人の女が乗っている。ひとりは若い娘、もうひとりは年増。だが、最後のひとりはかなり年をとっている。背中が曲がり、髷《まげ》も小さい。老婆といってもいい様子だ。

「これはだれだよ」

お栄がもへじをにらむ。

「あ、いや、その……、別にお三方《さんかた》を描いたわけではなく……」

もへじはしどろもどろになった。

作太郎は蘭《らん》を手早く仕上げた。いつか秋作が見せてくれた課題の絵と似ていた。

「ほう、さすがだねぇ」

お栄が感心したような声をあげた。

「飾っておきたいよねぇ」

お近も言う。

「いつもの作太郎だ」

もへじもうなずく。けれど、お高はかすかな違和感があった。なぜだろうと考えていると、陶晴が呼びに来た。

「飯も炊けました。いっしょにお食事はいかがですか」

お近が歓声をあげ、みんな連れだって母屋《おもや》に移り、いろりを囲んで座った。

ごつごつとして肉の厚い焼き物の器に、焼いた魚がのっていた。さんまに鮎《あゆ》に金目鯛《きんめだい》。どれも干したり、みそ漬けにしてある。別の鉢《はち》には蒸し焼きにしたきのこと青菜がたっぷりと盛られ、三杯酢をかけて食べる。芋のはいったみそ汁、自家製のかぶの漬物、土鍋《どなべ》で炊いたご飯には香ばしく炒《い》った大豆が入っていた。

「田舎料理で申し訳ない」

陶晴は言ったが、力のある器と素材の味を生かした料理の組み合わせにお高は目をみはった。

「野菜は裏の畑でとれるし、魚は十日に一度くらいぼて振りが回って来るので、そのときまとめて買って干物にしたり、みそに漬けたり。案外、困らないものですよ」

陶晴は笑う。

お栄はもへじと酒を酌み交わしていた。お近はもっぱら食べるほうだ。

「酒のあてならこんなものもありますよ」

陶晴がなにか小皿に入れて運んできた。

「食べてごらんなさい」

作太郎がすすめる。

「うるか、でも、少し違うような」

お高は首を傾げた。鮎のわたの塩漬けのうるかに似たほろ苦さがあったが、香りが少し違う。

「さんまですよ。醬油とみりんで炒《いた》めています」

「おいしい。こういう食べ方があると初めて知りました」

お高の言葉に、陶晴はうれしそうにうなずいた。

「陶晴さんは日々の楽しみ方を知っている人だ。おいしいものを食べ、好きな仕事をする。私も思わず長居をしてしまった」

「なんの。たまにいらっしゃるから、そう思うのですよ」

陶晴は作太郎とお高の盃に酒を注いだ。

作太郎が窯を見せてくれると言うので、お高は工房の裏手に行った。

土を盛った大きな窯があった。

「ここで作太郎さんも器を焼いているのですか」

お高はたずねた。

「ええ。陶晴さんといっしょに土をこねているところです。陶晴さんは百花園が一番華やかだったころを知っている人なんですよ。英《はなぶさ》にも来たことがあるそうだ。だから、話をしていると楽しい、尽きない」

「では、まだ、しばらくはこちらに？」

「そうですねぇ。いつまでいるか、まだ決めていない」

江戸にいるとどこかに出かけたくなり、江戸を離れると恋しくなる。そんな言葉を聞いたことがある。向島は江戸のはずれ、日本橋からも半時で来られる。けれど、川があり、林があって深い山にいるように静かだ。ここが作太郎にとって、ほどよい、心地よい場所なのかもしれない。

「おりょうから戻って来てくれないかと文があった。姉が待っているから顔を見せるだけでいいとも書いてあった。できれば、一度、ちゃんと話をしてほしいと。でも、今さら私が帰ったところで何が変わるんだろう」

お高はなにか心に引っかかる気がしたが、だまっていた。

「英はおりょうの手に余る。荷が重いのですよ。だけど、姉もずるいのだ。大変なことはみんなおりょうに押し付けて、いざとなると、あんたは英の血筋ではないと言いだす」

「そうですか」

「おりょうは料理で人を呼ぼうとしている。だから、苦しい。いい材料を使って手間をかけたら、そりゃあうまいものになる。だけど、それが分かるお客はそう多くはない。いっそ、父の時代のような英をめざせばいいのだ。美人のおかみがいて、ひと月も早く松茸《まつたけ》やみかんが出る。めずらしい料理があって著名な人がやって来る。行ったことが自慢になるような店だ」

まるで他人事《ひとごと》のような言い方だった。

「英は作太郎さんのご実家でしょう。おりょうさんは子供のころからいっしょに過ごしてきた方です。その人が戻って来てと頼んでいるのに、本当に帰らなくていいんですか?」

お高はたずねた。

「だって私は英とは縁を切った身だから」

「本当に縁が切れているなら、おりょうさんは頼らない。おねえさんの猪根さんも腹を立てることはないはずです。縁を切ったのではなく、猪根さんがおっしゃるように作太郎さんは逃げ出しただけではないのですか？」

作太郎は驚いたようにお高を見た。

「驚いたなぁ。なんにも分かっていないのに、私の家のことに口を出すのですか？」

不満げにつぶやいた。

「申し訳ありません。でも、私も料理の仕事をしていますから、おりょうさんの事情が少しは分かるつもりです。亭主のいない女がおかみをするのは大変なんです。英のような店ならなおさらです。板場に女は入れない。まして腕に自信のある板前は気位が高い。女に指図されるのが嫌なんです。ご亭主から言われるならば、たとえ、その人が飾りだろうと、何ひとつ料理のことは分からないと思っても聞く耳を持つ。でも、女はだめ。そういう人を相手におかみをするのは、並みの苦労じゃない。作太郎さんだって、料理屋の息子なんだから、そのことはとっくに気づいているでしょう？」

お高は一気にしゃべった。

作太郎は不機嫌そうにぷいと横を向いた。

「それに、さっきの蘭の花の絵です。以前、秋作さんが課題のお手本だと言って、作太郎さんの絵を見せてくれたことがありました。私は絵のことは分からないけれど、迷いのない、勢いのある線だということは気づきました。でも、さっきの蘭の花の線は違った……」

お高は胸が苦しくなった。もう、このくらいでやめておきな。頭のどこかで声がする。

けれど、今言わなければ、ずっと言えなくなってしまう。

お高は楷書《かいしょ》の女だ。きちきちと角が立っている。草書《そうしょ》のようにその場に応じて、変幻自在《へんげんじざい》にやわらかく姿を変えるというわけにはいかないのだ。

「作太郎さんは絵を描かない。それは気持ちの問題で、描く気になればいつでも昔のように描ける。みんなそう思っている。でも、双鷗先生は心配されていました。絵心は気まぐれで、しっかりつかまえていないと、するりと逃げてしまう……」

お高は、はっと気づいて口をつぐんだ。

作太郎は棒のように突っ立っていた。

奇妙な沈黙があった。遠くにお栄とお近の笑い声が響いていた。

「さすが双鷗先生だな。分かっている。その通りですよ。私は絵が描けなくなった。絵を描けない、英に戻っても何ができるわけでもない。あるのは双鷗画塾を出たという看板だけだ。だけど、困ったことに私が偉そうに講釈をすると、みんな耳を貸す。まったくいい加減な男だ。口先だけで、世の中を渡ろうとしている」

低く笑った。

「実際つまらない男だ。あなたもがっかりしたでしょう。ああ、そうだ。もう、そろそろ舟の刻限だ。今日はもう、お帰りください。遠いところありがとうございました」

目の前ですとんと幕が落ちたような気がした。

帰りの舟で、お高はほとんど口をきかなかった。
何ごとかを察したのか、お栄もお近も静かにしていた。
暗がりに水音だけが響いている。さんまのわたの苦さがいつまでも口に残っていた。

第三話　菊の香りに癒される

一

黄色くなった蔦《つた》の葉にうっすらと白い霧《きり》のようなものがかかっていて、それが霜《しも》だと気づくのに少し時間がかかった。もう、冬がそこまで来ている。

「ああ、さぶ、さぶ。今年一番の寒さですよ」

早朝、店に来たお栄は綿入れの着物の上にちゃんちゃんこをはおっている。

白湯《さゆ》をいれて飲むと、じんわりと体が温まってきた。湯飲みを持つ指がじんわりと温まって気持ちがいい。

「お、はよう、ございますう」

少し眠そうな声でお近がやって来た。綿入れとは名ばかりの夏物のように薄い着物だ。

「あんた、よく、そんなで寒くないねぇ」

お栄があきれたように言った。

「平気よ。綿入れなんか着たら太って見えるじゃないの。女は柳腰《やなぎごし》でなくっちゃ」

もともとやせて体の細いお近だが、さらに華奢《きゃしゃ》に見えるよう帯を思いっきりきつくぎゅっと締めている。寒さよりもお洒落《しゃれ》なのだ。

だが、その舌の根も乾かぬうちに「お高さん、なんか、食べるものない？　お腹《なか》がすいて倒れそうだ」とお近はねだる。

「握り飯なら、棚にあるわよ。昨日のご飯の残りだけど」

お高に言われて、さっそくお近は握り飯にかぶりついた。やせたいとか細くなりたいと言うくせに、昼もおやつも、一番よく食べるのはお近である。

向島に行った日から数日が過ぎた。

作太郎もこちらに戻って来るのではないだろうか。

そう思って待っているが、現れない。

あの日、少し気まずい別れ方をした。

――もう、そろそろ舟の刻限だ。今日はもう、お帰りください。遠いところありがとうございました。

そう言ったときの、少し苛立《いらだ》ったような作太郎の顔が浮かぶ。

でも。

旅に出るとき、お高は戻って来てほしいと言ったのだ。そして、作太郎も戻って来ると言った。

向島でお高が少々言いすぎたとしても、それで切れてしまうような縁ではないはずだ――と思っているのだが。


頼んだ野菜を運んできた八百屋のかごの隅《すみ》に黄色い菊が入っていた。

「あら、これは阿房宮《あほうきゅう》？」

お高がたずねると、八百屋は相好《そうごう》をくずした。

「知っていたのか、さすがだねぇ。奥州《おうしゅう》とか越後《えちご》じゃ菊を食べるんだってな。きれいだから仕入れてみたんだ」

阿房宮とは秦《しん》の始皇帝が菊を愛《め》でた宮殿の名である。その名を与えられた菊花は鮮やかな黄色で独特の香りと甘み、歯ざわりがある。江戸ではあまりなじみのない食用菊だが、英《はなぶさ》で板長をしていた九蔵は好んで使った。醤油《しょうゆ》やみそで地味になりがちな膳《ぜん》に秋の彩りが加わって、一気に華やかになった。

「じゃあ、これもお願いします」

さっそくその日の膳に阿房宮と酢の物がのった。甘味《かんみ》はれんこんのすりおろしを蒸《む》した餅《もち》で、ゆで小豆《あずき》を添えて阿房宮を散らした。

「なんだ、こりゃあ、菊の花か。風流だねぇ」

「死んだばあちゃんを思い出すよ。秋になるとよく食べたんだ」

客たちは口々に言う。丸九の客は河岸《かし》で働く者や仕入れに来る料理人が多いから、三杯飯をかきこんでいても、ちゃんと料理を見ているのである。

昼近くになると、徳兵衛と惣衛門、お蔦がやって来た。

「おお、菊か。また、この季節かぁ」

徳兵衛の顔がほころぶ。

「こういう風流なものをいただけるのは、丸九ならではですねぇ」

惣衛門もうっとりとした目になる。

「もちもちしたれんこん餅に菊の花がよく合うねぇ」

お蔦は甘味に喜んだ。

少しして時蔵もやって来た。三日に一度はやって来て、食べながらお栄と話をする。

「菊を食べるんですね。初めて知りましたよ」

「いや、こういうことを考えるのはお高さんでね、あたしはただ、言われたように洗い物なんかをするだけだからさ」

「いや、それだって大事な仕事だ」

時蔵が一所懸命話しかけても、お栄は愛想がなくてぶっきらぼうだ。もう少しやさしい言い方をすればいいのにと、お高は他人事《ひとごと》ながら心配になる。厨房《ちゅうぼう》から顔を出してふたりの様子をうかがった。

あれ、と思った。

お栄がなんだか初々《ういうい》しいのだ。

時蔵も楽しそうにしている。

「うまくいっているんだ」

お高は思わずつぶやいた。

「仲いいよね。この前、出かけたらしいよ」

お近が応《こた》える。

「そうなの？」

「え、知らなかったの？　あの着物だって買ったばかりだよ。時蔵さんの前に出るときはちゃんちゃんこを脱いでるし」

いつもと同じ木綿の着物と思っていたが、たしかに藍色《あいいろ》が鮮やかだ。最近、古着屋で買ったものらしい。厨房の隅にはちゃんちゃんこがたたんでおいてある。

「お栄さんも、やるときはやるんだよ」

お近が分かったように言った。

そろそろ店を閉めようかという時分になって、もへじが秋作を連れてやって来た。食事が終わると、もへじは画帖《がちょう》を取り出した。

「この前の向島の絵を見ますか」

ほおずき市《いち》のときも絵筆と画帖を離さなかったが、向島でも描《か》いていたらしい。陶晴の家や仕事場の様子が描かれている。

「ほら、これ」

紙をめくると、お近の顔が現れた。

小さな顔にくりくりとした大きな目、そばかすもあった。かわいらしい若い娘の顔である。

「やだあ、そばかすはやめておいてほしかった」

お近が口をとがらせた。

「いや、よく描けているよ」

「本物より美人だ」

「見合いに使えばいい」

みんな口々に言う。

「よし、じゃあ、次」

もへじが紙をめくると、横向きのお栄の姿が現れた。背中が少し曲がってあごが前に突き出ている。

「あたしはこんな年寄り臭い恰好《かっこう》をしていませんよ」

お栄は言い張ったが、まったくいつも通りのお栄である。

「もへじさん、いつ描いたの？」お高はたずねた。

「それはみなさんが楽焼《らくやき》したり、ご飯を食べているときにちょこちょこっと」

へへと、人なつっこい笑いを浮かべる。

「じゃあ、これは」

紙をめくるとお高の後ろ姿である。

肩幅が広く、尻《しり》も張っている。胴も太い。柳腰など吹っ飛ばしそうな大木である。堂々たる姿だ。

「これが、私？　嘘《うそ》でしょう」

お高は声をあげた。

「いや、いや。お高さんそのものです」

さきほどのお返しのようにお栄が言う。

「本当に。私、こんな？」

お高は不満そうに頬《ほお》をふくらませた。

「どうして、きれいじゃないですか。すてきだなぁと思ったから描いたんですよ」

もへじが言った。

お高の頭の中にある自分の姿は、もう少し女っぽい。もとより美形とは思っていないが。

「おいしいものをつくってくれる人の後ろ姿だ」

秋作が続ける。

めし屋のおかみさんの後ろ姿というところか。

まあ、しかたがない。

「ところで、作太郎さんはいつごろ、こっちに戻って来るんですか？」

お栄がたずねた。

「いや、もうとっくに戻って来ていますよ。もへじさんといっしょに帰って来ましたよね」

秋作がのんきな調子で答えた。

「あいつも、忙しいんでしょう」

もへじがあわてて言葉を添える。

「そう、ですか。知らなかった」

思わず知らず硬い顔になってお高は答えた。

「まぁ、先生のご用事もあるでしょうし」

お栄がすかさず取りなす。

それから、どんなやりとりをしたのか、お高はあまりよく覚えていない。

作太郎は帰って来ている。だが、丸九には姿を現さない。そのことが頭の中をぐるぐると回っていた。

――江戸に帰る途中、丸九の料理のことをずっと考えていた。今日の献立《こんだて》は何だろう。鰯《いわし》かな、鰺《あじ》かなって。それを考えると、足が前に進む。

そんなうれしいことを言ってくれたこともあったのに。


店を閉めたあと、片づけ物をしながら、お高はまだ考えていた。

顔を出さないのには、理由がある。この前のお高の言葉に腹を立てているからにちがいない。

――作太郎さんは絵を描かない。それは気持ちの問題で、描く気になればいつでも昔のように描ける。みんなそう思っている。でも、双鷗《そうおう》先生は心配されていました。絵心は気まぐれで、しっかりつかまえていないと、するりと逃げてしまう……。

どうしてあんなことを言ってしまったのだろう。

偉そうに。

利発な作太郎のことだ。お高に言われるまでもなく、気づいていたにちがいない。

分かっていながらできないことを、他人からあれこれ言われるほど腹の立つことはない。

ございました。

——もう、そろそろ舟の刻限だ。今日はもう、お帰りください。遠いところありがとう

そう言ったときの、作太郎の冷たい表情が浮かんだ。

「お高さん、いつまで同じ皿をふいてるんですか」

お栄に言われて気がついた。

「あ、そうね。そうだわね」

お高は困って答えた。

「何を考えていたんだろうね」

お近が言う。

「ねぇ、お栄さん。このごろの私は偉そうかしら」

「別に偉そうじゃないですよ。貫禄《かんろく》はありますけど。ご自分の仕事に自信を持ってきたんじゃないですか」

お栄が応える。

「でもね。以前は、自分のことを料理人だなんて思っていなかったのよ。料理の世界の隅《すみ》っこで自分にできることを少しだけやらせてもらっているんだって。それが、いつだったか、英の元板長だったっていう富五郎《とみごろう》という人が来たとき、自分で料理人だって言っていたわ」

「富五郎に『恐れ入ったなぁ。一膳《いちぜん》めし屋のおかみが料理人と思っているとはね』ってばかにされたときのことでしょ」

お近が声まねをした。

お高はあのとき、たしかに憤慨《ふんがい》した。

「十年もこの店を切り盛りしているんです。あなたさまは立派な料理人です。……でも、そうですね。殿方は理屈で追い詰めちゃだめなんですよ。前の亭主もあたしがそれをやったんで、手を上げるようになりました」

さすがのお栄である。

お高が遠回りにたずねた真意を分かっている。

「なんのこと?」

お近は無邪気に聞き返す。

「いいのよ。なんでもない」

お高は答える。

「やっぱり、作太郎さんが来ないって話?」

分かっているのである。

困って目を上げると、棚においた作太郎にもらった茶碗《ちゃわん》が見えた。白い土で薄青い釉《うわぐすり》がかかった美しい姿だ。

肉厚だがもろい。繊細《せんさい》ではかなくて、少しのことで欠けてしまいそうで、作太郎という人、そのもののようだと感じていた。

「人ってさ、やっぱりちゃんと会わないとだめだよね。勝手に、自分に都合よく考えちゃうからさ。この前の親子みたいに」

お近がちらりとお高を見て言った。

この前の親子とは、お登勢とお糸のことだ。

娘のお糸は母のお登勢に髪結《かみゆ》いの修業に精進《しょうじん》していると文《ふみ》に書いたが、実際は魚のぼて振りといい仲になって、師匠のもとを出された。お登勢も娘を励ます母親の顔の一方で、恋をする女の顔があった。

文なら都合の悪いことは省略して、きれいなことを書ける。少々の嘘も。

「まあ、人っていうのは自分の見たいものを見て、聞きたいものを聞きますからね。そのためには目の前の不都合に目をつぶっちゃうんですよ」

お栄も諭《さと》すように言う。

お高は恨めしげに茶碗に目をやった。

少し厚手で、女にしては大きいお高の手にほどよく合う。

作太郎が自分のために焼いた茶碗だ。そこには特別な何かがある、とお高は信じたい。

でも、違うのかもしれない。

たくさん焼いた茶碗のひとつで、送ってくれたことに意味なんかない。仮にそれが事実だとしても、それを認めるのは、やっぱり悲しい。

お高は暗い目になった。

「罪つくりな茶碗ですよね」

お栄がため息をつく。

そのとき、がらりと裏の戸が開いて、政次が顔を出した。

「よぉ。今晩、暇《ひま》か?」

大きな声を出した。

「なによ、急に」

お高は幼なじみの前で、いつもの元気を取り戻して答える。

「草介《そうすけ》を覚えているか? あいつ、こっちに戻って来たんだよ。今夜、左官《さかん》の団吉《だんきち》の家にみんなで集まるから、お高ちゃんも来いよ」

草介も団吉も近所に住む幼なじみである。草介は植木屋の植定《うえさだ》の息子で、八年ほど尾張《おわり》の親方のところで修業をしていた。久しぶりに戻った草介を囲んで、昔の仲間が集まろうということになったらしい。

夕方、お高が団吉の家に行くと座敷に男が六人ほど集まっていて、勝手では団吉の女房のお国《くに》が酒の用意をしていた。お国の家は団吉のはす向かい。幼なじみ同士でいっしょになっている。

「お国ちゃん、少しだけど煮物を持ってきたから」

お高が言うと、お国はうれしそうな顔になった。

「食べるものが少ないいんじゃないかと心配していたのよ。よかった。ありがと」

里芋《さといも》ににんじん、はすにごぼうと、野菜と油揚げを甘辛く煮たものだ。ほかには、にんじんの葉とじゃこ、ささがきごぼうなどをからりと揚げたかき揚げだ。手早く皿に盛り付けて座敷に持って行く。

「おお、お高も来たか。料理のほうはゆっくりでいいからさ、早くこっちに来いよ。草介が戻って来たお祝いだ。今夜はみんなで旧交を温めようぜ」

政次ががき大将の顔になって場を仕切った。

「姉《あね》さん、お久しぶりです」

草介は冗談めかして挨拶《あいさつ》をした。

八年ぶりに見る草介は日に焼けてたくましい顔をしていた。子供のころは色が白く、体も小さく、みんなによく泣かされていた。

「草介はお高さんによく、ひっぱたかれて泣いていたもんなぁ」

団吉が言う。

「嘘よ、知らないわよ。そんなことをしていないわよ」

お高はあわててた。それでは、お高が草介をいじめていたようではないか。だが、その場にいたほかの男たちも「そうだ、そうだ」と口をそろえる。

「お高さん、怖かったよ。言うことをきかないと頭をはたかれた」

お国まで、そんなことを言いだす。

子供のころの一歳、二歳の年の差は大きい。この場にいる中で政次だけは同じ年だが、ほかはみんな年下だった。彼らの思い出の中のお高は怖い姉さんだったらしい。

「私はやさしく、あんたたちの面倒をみてたわよ」

お高は強弁《きょうべん》するが、みんなは否定する。草介も楽しそうに笑っている。がっかりしてため息が出た。

「でも、お高さんがいてくれたから、あの大黒様《だいこく》を取り返せたんだから」

里芋を口に運びながらお国が言った。

それは汐見《しおみ》大黒と呼ばれる木彫りの一尺半（約五十センチ）ほどの高さの座像のことだ。自分の体の悪いところをなでると治るといわれていて、油町《あぶらちょう》の者は昔から大事にしていた。

ところが五年前、台風で浜町川があふれ、油町にあったほこらも水びたしになったので、隣の塩町《しおちょう》に預かってもらうことにした。翌年、ほこらを建て直して、大黒様を返してもらおうと思ったら、塩町はもともとその像は、二十年前の大水のときに預かってもらったもので、こちらのものだと言いだした。

　このままでは、大黒様は塩町にとられてしまうと、政次とお高は汐見大黒の最初の持ち主を探し出し、子供時代からのけんか相手である長八《ちょうはち》とやり合って、取り返した。

　そのとき、手を貸してくれたのが作太郎である。

「そうだな。こう言っちゃなんだけど、政次さんだけだったら大黒様は取り戻せなかった。長八とけんかになっておしめぇだ」

「そうだよ。政さんは今も口より先にげんこが出る」

「なんだよ。今度は俺か」

　政次はくさった。

　八人集まって独り者はお高と草介だけで、ほかはみんなそれぞれ所帯を持って子供もふたり、三人いる。

　ひとしきり子供の話、家の話になった。

　お高はみんなの話をだまって聞いていた。気づくと草介も静かに耳を傾けている。

「そういや、草介はまだ独りなのか。尾張があんまり長かったから嫁を連れて帰って来るのかと思った」

　草介に酒を注《つ》ぎながら団吉が言った。

「こいつは、そんな気の利いた男じゃねぇよ」

政次が分かったような口をきく。

「向こうの親方に婿《むこ》にならねぇかと誘われたんじゃないの」

お国がたずねた。

「ああ。そうだな。それはありそうだ。だけど、こっちで親父《おやじ》さんが待っているから婿に入るわけにもいかねぇしな」

男たちからそんな声が出た。

草介の父親は名人といわれる植木屋の棟梁《とうりょう》で、あちこちのお屋敷の庭を任されている。草介も父親について仕事を覚えたが、一度は他人の家の釜《かま》の飯を食えと言われ、尾張の親方のところに行かされた。五年の約束をさらに三年のばしたのは尾張の水が合ったのか、ほかにも理由があったのか。みんなは勝手にあれこれと想像して話をふくらませる。

「理由なんかねぇよ。今年植え替えた松がちゃんと根付くか見届けようと思うと、一年ぐれぇすぐたっちまうんだ。八年なんかあっという間だよ」

草介は笑った。

仕事が人を成長させるというのは本当で、草介は男らしいいい顔をしていた。眉《まゆ》が太く、意志の強そうな目をしていた。植木に夢中になって気がついたら八年たっていたというのは、本当なのだろう。

宴《うたげ》が終わり、政次と草介とお高の三人で帰った。

空は暗く、さえざえとした月が出て、星が鋭くまたたいている。

大通りから川沿いの道に進むと、また少し風が冷たくなった。柳は葉が落ちて、細い枝が風に揺れていた。

「そうですか。お高さんは丸九のおかみさんになったんですね」

草介は年上のお高を立てて、ていねいな言い方をした。

「そうなの。おとっつぁんのあとを継いで。考えたら、おとっつぁんが死んで私が店を引き継いだのも八年前だわ。草介さんが尾張に行ったのと同じころ。このごろ、やっと少し、店らしくなった。八年なんてあっという間ね」

「そうでしょう」

草介がうなずく。

「こいつの店、けっこう、流行《はや》っているんだぜ。朝、のれんを上げる前から店の前でお客が待っている。最後にちょっとした甘味が出るんだ。白玉《しらたま》団子とかさ、それがけっこううまい」

政次が偉そうに言う。

「ぜひ、一度、お運びください」

お高が軽く頭を下げる。

「それは楽しみです」

草介が答えた。

ふと見ると、暗い川面《かわも》に月が浮かんでいる。

「おい。久しぶりにやってみるか」

政次はそう言うと、足元の小石を拾って月に向かって投げた。

小石は川面の月にあたり、黄色い月はいくつもにくだけて揺れた。

「おう、さすがだ。腕は鈍《なま》っちゃいねぇな」

政次は自画自賛する。

「じゃあ、俺は」

草介は少し先の、水面から頭を出している石に狙《ねら》いを定めた。

小石はぴしっと音をたてて石にあたった。

「やるじゃねぇか」

政次は少し悔しそうな顔になった。月よりも石のほうが、難度が高いのだ。

「じゃ、私も」

お高も小石を投げる。ぴんという小気味いい音をたてて石にあたった。

「さすが姉《あね》さん」

草介が言う。

「ふふ。こんなの軽い、軽い」

お高は得意の顔になる。子供のころはお転婆《てんば》で、石投げは男の子に負けなかった。

「よし。俺も……」

政次も小石を投げた。だが、わずかにはずれて沈んだ。

「だめじゃない」

お高がからかうと、むきになった。

力むせいか、とんでもない方に飛んでいく。

「酔ってるんじゃないの」とお高。

「そうですよ」と草介。

「まぁ、今日のところはそういうことにしておく」

政次は不機嫌そうな声を出した。三人いて、自分だけが的にあてられないのが悔しいのだ。しかも、女のお高に負けた。

肩をゆすって大股でふたりの前を歩いている。

しばらくして、政次が突然、大きな声を出した。

「お高はそういうところが、かわいげがないんだな」

「なんのことよ」

「ふつうはさ、こういうとき、女はわざと的をはずすんだ。そうやって男に花をもたせる。お国ならそうする」

団吉の女房の名をあげる。

「じゃあ、お咲《さき》さんは？」

政次の女房のことだ。

「あいつは石なんか投げない。石を投げるのは男のすることだ」

「ばっかみたい。そんなの関係ないわよ」

お高は笑う。

「でも、今日、みんなが集まって楽しくお酒を飲めたのは政次さんがいるからよね。みんなも、政次さんが声をかけたから忙しくても、用があっても集まったのよ」

お高が言うと機嫌を直した。

辻《つじ》で政次と別れると、お高と草介のふたりになった。

「しかし、変わらないなぁ、あの人は」

草介は低く笑った。

静かな夜だった。雲が流れて月を半分ほど隠した。少し酔っているせいか、冷たい風がむしろ心地よい。

「お高さんは政次さんといっしょになるんだと思っていたんだけどなぁ」

突然、草介が言った。

「どうして？　そんなの考えたこともなかったわよ」

「だって、いっつもいっしょにいたし、気が合ってたじゃないですか。さっきだって、お高さんのひと言で政次さんは機嫌を直した」

「草介さんこそ、尾張でお嫁さんを見つけてくるかと思ったわ」

「そんな暇なかったですよ。さっきも言ったじゃないですか」

「そうだったわね」

お高の隣に大人になった草介がいる。

草介がお高より背が低かったのは、いつまでだっただろうか。色白でひょろひょろと体が細く、手足ばかりが長く、理屈屋だった。

尾張に行く前にもみんなで集まったから、お高は青年になった草介の姿を知っているはずなのに、覚えていない。お高の心の中にいるのは、今でも子供時代の草介なのだ。

「でも、よかった。お高さんがまだ独りでいてくれて。俺の憧れの人だったから」

草介がまじめな顔で言った。

「いやだ。何を言うのよ。酔っているんじゃないの」

笑ってはぐらかそうとしたら、腕をつかまれた。

草介の手は大きく、その手がやわらかくお高の腕を包んでいる。

「ずっと想《おも》っていました。あなたは気づいてくれなかったけれど」

お高は驚いて後ずさりした。下駄《げた》が小石を蹴《け》って体が揺れた。とっさにお高を支えようとした草介に抱かれる形になった。鬢付《びんつ》け油《あぶら》の匂《にお》いがした。

見上げると草介の顔があった。

子供のころの草介ではない。眉が太く、二重瞼《ふたえまぶた》の意志の強そうな目をしている大人の男がいた。

「あの、私は……」

何を言ったらいいのか分からなくて、お高は口をぱくぱくと動かした。背中におかれた草介の手の温かさが伝わってくる。

一瞬、やわらかな唇の感触があった。

「今日はありがとう。店まで送っていきます」

草介はお高をはなすと歩きだした。お高はどうしていいのか分からずにうなずいた。

二

翌日の昼、草介は丸九にやって来た。厨房をのぞいて、お高に軽く挨拶をした。目が合ったお高のほうがどきどきしてしまう。

その日の膳はかさごの煮つけに、五目豆《ごもくまめ》、あおさと揚げのみそ汁にぬか漬け、蒸《む》した餅《もち》粉《こ》にくず餅風にきな粉と黒蜜《くろみつ》をかけたものだ。

「やっぱり江戸のみそ汁はうまいなぁ」

草介はそう言って目を細めた。

「おお、草介じゃねぇか。そうか、尾張から帰って来たんだってな。あっちは豆みそだろ」

徳兵衛が声をかけた。草介の家とは家族ぐるみの付き合いなのだ。

尾張、三河《みかわ》あたりでつくられているのは、赤だしとも呼ばれる豆みそだ。地域によって八丁みそ、三河みそと呼ばれる独特のみそは、熟成期間が長いので色は黒っぽく、こくがある。

江戸のみそは大豆とほとんど同量の米麹《こめこうじ》を使っているので、色は濃い赤褐色《せきかっしょく》で、やや甘口。さっぱりとした味である。

「そうなんですよ。八年もいたのに、あのみそだけは慣れなかったなぁ」

「当たり前だよ。そういうもんだ」

「江戸に帰って来たっていう気がする。ああ、そういや、くず餅ってのもあっちじゃ、あんまり見なかったな」

「ほう、そうかい。だけどさぁ、どこに行ってもこんなうまい飯が食えるなんて思ったらだめだぞ。丸九は、お高ちゃんが腕をふるっているから、こういう味になるんだ」

徳兵衛は自分がほめられたように喜んで、お高を持ち上げた。

昼を過ぎるころ、空が曇り、しとしとと雨が降ってきた。葉を落とした木々を黒く濡《ぬ》らし、枯れ草を伝って地面にしみこんでいく。

それを機に客足が途絶えた。

店を閉めて、お高とお栄、お近の三人で片づけをしていると、裏の戸が開いて徳兵衛が顔を出した。

「ちょいとさあ、相談にのってほしいんだけど。内緒の話でさ」

三人いっしょに店を出て、もう一度、戻って来たらしい。

「いったい、どうしたんですか」

お高はたずねた。

「うん。まぁね」

戸口のところで徳兵衛はもじもじしている。

「濡れるじゃないですか。そんなところに立ってないで、中へどうぞ」

お栄が店の小上がりに案内した。

お高は向かい合って座り、茶をすすめた。徳兵衛はひと口、茶をすすると切りだした。

「じつはね、うちのやつがね、お清がさ、怪しいんだ」

「怪しいって?」

「だからさぁ」

徳兵衛は声をひそめて、お高の耳にささやいた。

「浮気だよ。番頭とできている。店の金を使い込んでいる」

「はあ」

最初は何を言っているのか、分からなかった。

徳兵衛が浮気をするというなら、分かる。

だが、天地がさかさまになっても、お清というのはありえない。

お清にとって大切なのは升屋《ますや》であり、徳兵衛や息子夫婦たち家族であり、働く者たちである。働き者のしっかり者で、息子夫婦に店を譲った今も、大おかみとして店の者に慕《した》われ、客の信頼を得ている。徳兵衛がこんなふうにのんきに毎日過ごしていられるのも、お清がいるからだ。

「まさかぁ。そんなことありませんよ。なにかの思い違いですよ。徳兵衛さん、なんで、そんな突拍子もないことを思いついちゃったんですか」

「いや、だからさ、そのまさかだよ。だって、証拠を見ちゃったんだ」

「番頭さんって、岩造《いわぞう》さんのことでしょう?」

「そうだよ」

岩造は四十過ぎの独り者で、小僧のときから升屋で働いている。律儀を絵に描いたようなまじめな男だ。どこをどう考えたら、そういう話になるのだろう。

「あんたはそんな顔をするけど、人っていうのは分からないもんなんだよ」

「徳兵衛さん、この前もただのぎっくり腰なのに不治の病だって大騒ぎしたじゃないですか。今回もそのクチですよ」

「いや、今度は本当なんだよ。間違いない」

たまたま廊下を歩いていたら、部屋の中から声がする。

「ひょいとのぞいたらさ、お清と岩造のふたりが金を包んでいる。俺が声をかけると、ふたりははっとしたように顔を上げた」

――なによ、びっくりさせるじゃないの。

――あ、大旦那さん。

「ありゃあ、十両はあった。ふたりはあわててるんだ。な、おかしいだろ」

徳兵衛は真剣な様子でお高を見つめた。

「それで、ふたりが、つまり、そのぉ、恋仲だと?」

「それだけじゃねぇんだ。怪しいことがほかにもある」

徳兵衛はあれやこれやと例をあげる。

「別に怪しくないですよ」

「だから困っちまうんだよ。お高ちゃんは堅物《かたぶつ》だから。人の心の機微《きび》ってもんがわからねえ」

「どうせ、楷書《かいしょ》の女ですから」

しかし、このまま徳兵衛を帰せば、どこか別のところでしゃべるだろう。人の口に戸は立てられない。めぐりめぐって、とんでもない噂《うわさ》にならないとも限らない。

「この話、ほかのだれかにしましたか？」

「いんや。あんたに話すのが最初だ」

「分かりました。じゃあ、絶対、ひみつにしてくださいよ。惣衛門さんやお蔦《つた》さんにもだまっていてくださいね。私が事情を調べますから。それで、徳兵衛さんに伝えます」

「うん、うん。頼むよ」

「だから、それまでは静かにしていてくださいね」

「分かったよ」

徳兵衛は帰っていった。

お高が湯飲みを下げて厨房に戻って来ると、お栄がたずねた。

「話はだいたい聞こえてきましたけど、どうするんですか？」

「そうねぇ。お清さんに直接確かめるわけにもいかないし……」

「植定のお種《たね》さんはどうですか？　お清さんはお種さんに生け花を習っていたでしょう。あの人からさりげなくお清さんに事情を確かめてもらうっていうのは」

植定のお種とは草介の母親のことだ。生け花師範《しはん》の看板をあげて、近所の女たちに教えている。お清もお種の生徒だ。もっとも稽古《けいこ》というより、集まって茶を飲み、おしゃべりをするのが楽しみというような会である。

「お種さんねぇ」

お高は首を傾《かし》げた。

「あの人ならいいですよ。気性もさっぱりとして、物分かりがいい。まぁ、どうせ徳兵衛さんのいつもの早とちりなんだから、上手にまとめて笑い話にしてくれますよ」

お高もそう思う。だが、草介の母親というのが気になる。今は、草介に近づきたくない。

「ううん」

「どうしたんですか？　草介さんと何かあったんですか？」

お栄が何かを感じてたずねる。

「そうじゃなくてね。分かったわ。やっぱり、お種さんに相談に行ってくる」

お高は植定のお種をたずねることにした。

大通りから脇に入って少し歩いたところに植定がある。門の脇には枝ぶりのよい松が植わり、小さいながら池があって鯉《こい》が泳いでいる。隅々までこだわりが感じられる。だが、その庭も雨の中だ。

玄関で訪《おとな》うと、お種が出て来た。

「あら、お高さん、お久しぶり。この前、政次さんの声がかりでみんなで草介を迎えてくれたんだってね。忙しいのに、すまないね」

お種はしゃきしゃきとした物言いをした。すらりと背が高く、目元のあたりが草介とよく似ている。

お清のことで相談があると言うと、座敷に通された。

「で、なんだい？　升屋さんに何かあったのかい？」

お種は早口でたずねた。

「いや、徳兵衛さんから相談がありまして。例によって早とちりなんだと思うんですけど」

手短に説明をすると、「あはは」と声をあげて笑った。

「何やかや言いながら、徳兵衛さんはお清さんが大事なんだねぇ。今日はちょうど稽古の日だから、お清さんも来るよ。終わったころ、もう一度おいでよ。三人で話そうよ。稽古のあとは、言いたいことを言ってみんな気持ちがすっきりとしているから、少々のことは笑ってもらえるよ」

お種は言った。

夕刻、お高はもう一度、お種をたずねた。庭も立派だが、家もなかなかのものである。足を踏み入れるとほのかに檜《ひのき》の香りがする。女中に案内されて座敷に行くと、お清とお種が茶を飲んでいた。

「もう、お高さん、いつも、うちの徳兵衛がやっかいなことを言ってすみませんねぇ。話はお種さんから聞きました」

お清が笑いながら頭を下げた。

「どういうことだったんですか」

「たいしたことじゃないのよ。嫁の実家にお金を融通《ゆうずう》したのよ」

長男の嫁の実家は麻布《あざぶ》の菓子屋である。

「あのあたりは大名とか旗本とかのお屋敷が多いでしょ。お付き合いでお金を融通することもあるのよ。たまたま嫁の実家のほうも物いりが重なったから、うちで立て替えたの。あの人が見たのは、そのお金を用意していたところ。別に、隠していたわけじゃないのよ。月末には返してもらう約束だから、言うまでもないと思って」

「そういうことだったんですか」

お高が納得してうなずくと、お清はふふと思い出し笑いをした。

「どうりで、このところ少し様子がおかしいと思っていたのよ。ご飯を食べながら、ちらっとあたしの顔を見たりね、思わせぶりなため息をつくの」

「たまには、それぐらいやきもきさせてやりな。いい薬だよ」

お種が笑う。

そんなことだろうと思った。一件落着。お高がひと安心したとき、女中が襖《ふすま》を細く開けて告げた。

「今、升屋の使いの方がいらっしゃいました。神田のおねえ様が見えたので、おかみさんにはすぐ店に戻って来てほしいそうです」

「あら」

お清は困った顔になった。

神田のおねえ様とは、神田のみそ問屋に嫁いでいる徳兵衛の五つ違いの姉のお磯《いそ》のことだ。子供のころからしっかり者で、徳兵衛はいまだに頭があがらない。その姉が約束もなしに雨の中やって来て、出先のお清を呼び戻すというのは、ただごとではない。

なにかお叱《しか》りがあるのだ。

思い当たるのは、「このこと」である。

三人で玄関に行くと、升屋の小僧が待っていた。

「うちの人は戻って来ているかい」

お清がたずねた。

「いいえ、それがまだ。心当たりをほかの者が探しに行っています」

小僧が答える。

「今の時間なら、どこかの居酒屋じゃないでしょうか。心当たりをたずねてみます」

お高が申し出ると、「本当にいつもすみません」とお清は頭を下げた。


徳兵衛が最近、よく足を運んでいるのは川沿いの湊屋《みなとや》である。

年取った親父とその娘が切り盛りしている店で、料理がうまいの、親父の気風《きっぷ》が気にいったなどと言っているが、一番はふっくらとした頬の娘のお酌《しゃく》である。

案の定、半分開いた戸の向こうに、徳兵衛と惣衛門の後ろ姿が見えた。

「徳兵衛さん。神田のおねえ様がいらしているそうですよ。お店の方たちが探しています。急いで戻っていただけますか」

お高は声をかけた。

「ひぇ、ねえちゃんが。なんで?」

徳兵衛はとびあがりそうになった。

「徳さん、お清さんが番頭さんとどうとかなんてこと、言ったんじゃないでしょうねぇ」

惣衛門がたずねた。

「言ってない、言ってない。いや、そんなはずはない」

徳兵衛はあわてて否定する。

だが、お高が「惣衛門さんたちにも内緒ですよ」と最初に口止めしておいたのに、徳兵衛はしゃべっているのである。その調子で、あちこちで愚痴ったのだろう。

「噂っていうのは伝わるんです。神田のおねえさんの耳に入ったんですよ」

惣衛門が諭す。

「ですから、それはみんな徳兵衛さんの誤解なんです。私は今、お清さんから直接話を聞きましたから」

お高は手短に事情を説明した。

「そうでしょう。最初からそんなことだろうと思っていましたよ。じゃあ、よかったじゃないですか。今の話で心が晴れたでしょ。帰って、神田のおねえさんにそのまま伝えればいいんですよ」

惣衛門に言われて、徳兵衛はうなずく。

「じゃあね、お高さん、悪いけど、徳兵衛さんを送っていってもらえませんか。なんだか、足が重いらしいから」

何ごとにもよく気がつく惣衛門である。

お高は徳兵衛といっしょに升屋に向かう。だが、徳兵衛の足は進まない。

「もう少し、急ぎませんか。徳兵衛さんがいないと、話は始まらないと思うんですよ」

「分かっているよ。分かっているけどさぁ。俺は子供のころからねえちゃんが苦手なんだよ。おっかねぇんだ。威張るからさ」

「徳兵衛さんは立派な大旦那さんです。怖がることなんかないですよ。それに、あのことならもう、おかみさんが説明していますから」

「そうだよな。お清がいれば安心だよ」

「そうですよ」

なだめたり、すかしたり、あの手この手で徳兵衛の足を速めさせる。

やがて、升屋ののれんが見えてきた。

「お高ちゃん、悪いけど、しばらく裏にいてくれねぇか。そいでさ、なんか、まずいなぁと思ったら、お茶かなんか出してくれよ」

「お宅には昔からの女中さんがいるでしょう」

「郷《さと》に帰っているんだ。今いる若いのはてんで気が利かねぇんだ。頼む、後生《ごしょう》だ。一生のお願いだ」

拝むしぐさをする。毎度のことだが、お高はその言葉に負けてしまう。

升屋の座敷にはお磯、お清と息子の照太郎《しょうたろう》とお藤《ふじ》の夫婦が集まっていた。みんな難しい顔をしている。茶が出ているが、だれも手を付けた様子がない。

「みんな、集まってくれたのか。悪かったねぇ。ねえちゃんも遠いところすまないねぇ。

そうなんだよ。みんな俺の早とちりでさ、まいったねぇ」

　徳兵衛が妙に陽気な調子で入っていった。お清と照太郎は難しい顔をして腕を組んでいるし、嫁のお藤は顔を真っ赤にして涙ぐんでいる。

「その話は終わっているよ。今、話しているのはね、そういうことじゃないんだ」

　お磯にぴしゃりと言われて、徳兵衛はしゅんとなり、肩を落として座った。

「だからね、お前さんがしっかりしないから、こういうことになるんだよ。知らないのは徳兵衛、あんただけだよ。蚊帳《かや》の外だよ。それでいいのかい」

「あ、いや、それは……」

　事情が飲み込めない徳兵衛は困って目を泳がせる。

「申し訳ございません。まったく、私の不徳の致すところでございます」

　お清が頭を下げた。

「もう、お姑様《かあ》、そんなふうにあやまらないでくださいまし。あやまるのは私で、これは全部、私の父のせいなんです。実家のことでこんなふうにご迷惑をおかけしてしまって本当に、不快な思いをさせてしまいまして、申し訳ありません。ただ、金子《きんす》は半月のちには必ずお戻しいたしますから」

　お藤は頭を擦《こす》りつけた。

「いや、お前はいいんだ。そのことは、俺が納得してお袋と相談したんだ。気にしなくていい」

照太郎がかばう。

なんだか本当に大変なことになっている。

お高が台所に行くと、そこでも若い女中が困った顔をしていた。

「あのぉ、私は何をしたらいいでしょうか」

女中がたずねる。

「じゃあ、お茶が冷めてしまったようなのでいれかえましょうか」

「はい。すぐ、用意いたします」

女中は安心した顔になってうなずいた。

こういうときは、甘いものに限る。甘いものを食べながら怒る人はあまりいない。

「羊羹《ようかん》かなにか、甘いものがありますか」

用意をしていると、草介が顔を出した。

「お袋に頼まれて持ってきた。菊の花を干したものだ。茶葉といっしょにしていれると香りがたつ。気持ちが穏やかになるんだそうだ」

手渡された包みを開くと、乾燥した小菊が入っている。桜茶《さくらちゃ》というのは聞いたことがあるが、菊茶というのは初めてだ。

「じゃあ、渡したからね」

草介はさっさと帰っていった。

お高は急須《きゅうす》に茶葉とともに菊の花を入れて湯を注《そそ》いだ。湯飲みにつぐと、温かい湯気とともにすがすがしい菊の香りが立ちのぼった。お高と女中で、茶を運んだ。

　廊下まで照太郎の怒気を含んだ声が響いている。

「親父に言わなかったというけど、この家のことは、もう、俺に任せてもらっているんだ。俺がいいと言ったんだから、いいんだよ。おばちゃんは、もう、この家の人じゃないんだから、あれこれ口をはさまないでもらえないかねぇ」

「なんだって。よくまぁ、そんな口がきけたもんだ」

　お磯の鋭い声が響く。

　隠居したとはいえ、徳兵衛はこの家の重鎮である。十両もの大金を徳兵衛の知らぬところで動かしたのはなぜなのか。徳兵衛をないがしろにしているということではないのか。

　お磯が腹にすえかねているのは、この点だ。

　のんきに戻って来た徳兵衛の様子が、お磯の怒りに油を注いだ。

「お話の途中ではございますが、お茶が入りましたのでいかがでしょうか」

　お高と女中で茶を配る。

「お、ありがたいねぇ。茶を飲みたいところだったんだ」

徳兵衛が妙に陽気な声を出して茶をすすった。

つられるようにお磯が、続いてお清、照太郎。お藤もようやく手を伸ばす。

「なんだい、このお茶は。香りがいいねぇ」

お磯がたずねた。

「菊茶です。今さっき、植定さんが届けてくださいました。菊のいい香りがしますでしょうか」

お高の言葉を聞いて、それぞれ静かに茶を味わった。

「菊の花っていうのは、なんだね、秋のお日様みたいな匂いだねぇ」

徳兵衛がのんきなことを言う。

お磯がちらりと徳兵衛を見る。

「なんか、眠くなっちまいそうだねぇ」

続ける。

「俺は面倒くさいことが嫌いだからさ、家のもんは細々したことは俺の耳に入れないようにしてるんだ。俺がこうやって、毎日、楽しく暮らしていられるのも、お清や照太郎やお藤がまじめに働いてくれているからなんだよなぁ。ありがとよ」

かるく頭を下げる。お磯はあきれた顔になった。

「ふふ」とお清が笑った。

くすり、とつられてお藤も。

「なにがおかしいんだよ」

照太郎はまだ少し怒っている。

「いや、この人といっしょにいると楽しいなぁと思ってさ。おねえさんも、ご心配をおかけしてすみませんでした。でも、照太郎も立派に主《あるじ》の役をしておりますから。大丈夫ですから」

お清はていねいに頭を下げると、照太郎にうながした。

「あんたもね、神田のおばちゃんには子供のころからかわいがってもらったんだろ。そんなこと、すっかり忘れてひとりで大人になったような顔しちゃいけないよ」

お磯の顔を立てる。

「そうだな。つい偉そうに言っちまった。申し訳ねぇ」

照太郎も素直に頭を下げる。

「まぁ、そうだねぇ。あたしも、つい年甲斐《としがい》もなくはりきっちまった。いや、照太郎がしっかりしているんなら、言うことはないんだよ」

——ああ、収まるところに収まった。ありがとうよ。お高ちゃんも恩に着るよ。

そんな様子で、徳兵衛はお清とお高を順にながめたのだった。

お高が升屋を出ると、角のところで草介が待っていた。霧雨《きりさめ》の中、傘をさして所在なげに立っている。

「無事に話はまとまったかい」

「おかげさまで、菊茶は効き目がありました」

「だろ」

気がつけば草介と並んで歩いている。傘をさしていても雨は肩や袖《そで》に降りかかり、じっとりとしみてきた。

「ごめんなさい。寒かったでしょう。先に帰ってくれてもよかったのに」

「いや、いいんだ。どうなったのか、気になったしさ」

屈託《くったく》ない調子で言う。昨夜《ゆうべ》の今日である。こういうことをされると、気になってしまうのがお高なのだ。だまっていると、草介が言った。

「まったく、徳兵衛さんには昔からふりまわされるな」

いつの間にか、親しげな口調になっている。

「草介さんはずるいわ」

つい、恨み言を口にした。

「はは。ああでもしなくちゃ、お高さんはいつまでも俺を子供のころと同じ目で見る。だろ？」

「そうだけど……」

「これから飯でも食いに行かないか」

太い眉で二重瞼の意志の強そうな目をした草介の顔がお高を見ている。

すっぱりとした物言いだ。この調子でひょいとお高の心を抱えてどこかに連れていってしまうのではあるまいか。

お高は少し怖くなった。

「……帰ります。明日の支度があるから」

「そうか……。よし、じゃあ、送ってく」

草介は明るい調子で答えた。

三

翌日も朝から、しとしとと陰気な雨が降っていた。雨降りの日は客が少ない。漁に出なければ河岸《かし》にあがる荷も少ないし、料理人も仕入れを減らす。大工も左官《さかん》も休みになる。もへじたち双鷗画塾《そうおうがじゅく》の者もしばらく顔を見せない。

作太郎も。

丸九にやって来るのは、いつもの徳兵衛に惣衛門、お蔦の三人である。

「今日は静かですねぇ」

膳を運んで行ったお高に惣衛門が言う。

「この雨は続くよ。俺の右脚が痛むから」

徳兵衛は昔痛めた脚をさする。

「あたしは肌が潤《うるお》うから、ときどきはこういう天気がうれしいね」

お蔦はやさしいことを言ってくれる。

その日はたらを柚子《ゆず》の香りをつけたたれに漬けて焼いたもの、やわらかなかぶを塩でもんでちくわと甘じょっぱいみそだれで和《あ》えたもの、里芋のみそ汁、ご飯に香《こう》の物、熱々の粟《あわ》ぜんざいだ。

「ああ、なんだか、こういう料理はうれしいねぇ。家に帰ったみたいだ」

徳兵衛が相好をくずす。

「なにが、家に帰ったみたいですよ。立派なお宅があるじゃないですか。お清さんに叱られますよ」

惣衛門がたしなめる。

「はは。この人はいつも、こんなふうにおかみさんに甘ったれているんだよ」

お蔦が笑う。

あの大騒ぎの後、徳兵衛はお清にお灸《きゅう》をすえられたとぼやいている。だが、本当のところは、お清も息子夫婦も、妙な濡《ぬ》れ衣《ぎぬ》を着せられた岩造ですら「大旦那さんのことだからしょうがない」と笑い話ですませたにちがいない。

「では、今日は私が景気づけになぞかけを」

めずらしく惣衛門が言いだした。

「おや、楽しみだねぇ」

お蔦が盛り上げる。

「では、雨降りとかけて、どこかのお宅とときます」

「ほう、どこのお宅でしょうねぇ」

お蔦がかぶをつまみながら、たずねた。

「どこでしょうかねぇ。私は知りませんが。その心は……、雷が落ちると困ります」

そう言って、惣衛門はちらりと徳兵衛を見る。徳兵衛は苦笑いだ。

「しょうがねぇなあ。よし、俺も思いついた。雨降りとかけて、待ち人ととく」

「ほう」

惣衛門とお蔦はちょっと困った顔になった。

徳兵衛だけが得意顔である。

「その心は、降（振）られると困るでしょう……。あれ？」

言ってからしまったという顔になった。

「あ、ごめんな。お高ちゃんのことじゃないから」

「分かっています。気にしていませんから」

お高は答えた。

作太郎がしばらく店に姿を現さないことに三人はとっくに気づいている。そうして、こっそり、そのあたりの事情をお近に確かめた。お近は例によって的確に自分が見聞きしたことを伝えたのである。


客が去って、後片づけをしていると、お近が言った。

「ねぇ、お高さん、そろそろ双鷗画塾に行かなくていいの？　もへじが、双鷗先生に飯をつくってほしいって言ってたよ」

「あれぇ、あんた、いつから、もへじさんを呼び捨てる仲になったんだよ」

お栄が言葉尻をとらえて聞き返した。

「ここ最近だよ。道でばったり会って、ご飯をごちそうになった。いっしょにいた人たちがもへじって呼ぶからあたしも、もへじって呼ぶことにしたんだ」

あっさりと答えた。

「いくらなんでも、それはまずいわよ。年上だし、お客さんなんだし」

お高がたしなめた。

「そうかなぁ。もへじは喜んでいたよ。あの人、話も面白いし、好きなんだ」

いつの間にか、お近ともへじは仲良くなっていた。

「それでね、双鷗先生は相変わらず食が細くて、まわりは困っているんだってさ。早く来てくれないかなぁってさ」

「そうねぇ」

そう応えたお高は歯切れが悪い。

向島に行ってすぐ、いつもの通り、双鷗の飯をつくればよかったのだ。あれこれ考えてぐずぐずしていた。日ばかり過ぎて、ますます行きにくくなった。

「あーあ」

お近が大きな声をあげた。

「なんで、お高さんは作太郎さんのことになると、きゅうにぐずぐず、うじうじしちゃうんだろう。しょうがないよ。だめならだめで。そういうこともあるよ」

だめならだめでと割り切れないからぐずぐずするのだ。

「あたし、この前から言おうと思っていたんだけどさ、作太郎さんはそういううじうじした女の人、好きじゃないよ」

「こら」

お栄がなぐるまねをする。

「あの人はさ、楽しい、人を喜ばせることが好きなんだよ。それで、面倒くさいのが嫌い。お高さんも楽しそうに笑っていればいいのにさ。急にまじめな顔で重たい話をするからだめなんだ。今みたいにねっちりしていると嫌われるよ」

お近の言葉はまっすぐで、お高の胸にぐさぐさと刺さる。

きっとその通りなのだ。聞いたらうれしくなるようなことを言われて、たちまち舞い上がってしまった。そうして旅に出たと言っては帰りを待ちわび、あれやこれやと思い悩む。

小娘みたいに。

お近のほうがよっぽど世慣れて大人だ。

「ふつうにすればいいんですよ。ふつうに。それで、双鷗先生のことは別なんですから、いっしょにしない」

お栄が断言する。

「そうだよ。ふつうでいいんだよ」

お近も続ける。

「今も、ふつうのつもりだけど」

お高がつぶやく。

「全然」

お栄とお近は同時に首を横にふった。

「ふつうのお高さんは元気がよくて、どんどん前に進んでいく人なのに、作太郎さんのことになるとうじうじしちゃう。昨日も来なかった、今日もまだだって、いちいち、やきもきしないでさ」

お近は言いにくいことをはっきりと告げる。

「私、そんなにやきもきしていた？」とお高。

「はい。そりゃぁ、もう。そばで見ているのが辛《つら》くなるくらい」とお栄。

「分かりました。気をつけます」

「それでさぁ、双鷗画塾は行くんでしょ」

お近がたずねる。

「ちょっと、考えさせて」

お高の言葉にふたりは顔を見合わせてため息をついた。

だらだらと降りつづいていた雨があがって晴天になった。お高は市場で菊の花をたくさん買い、花びらをほぐしてざるにのせ、二階の窓の外に干した。からっ風に吹かれて花びらはすぐに乾いた。

「あれ、こんなにたくさん、菊をどうするんですか」

お栄がたずねる。

「この前、草介さんに菊のお茶を教わったの。とてもいい香りで、気持ちが穏やかになるの。それでね、思いついたの。菊の花の枕《まくら》をつくるのよ」

かさかさと音をたてる小菊を袋につめた。

「これをね、双鷗先生のところに持って行こうと思うの。枕の下においたら、よく眠れそうでしょ」

「なあるほどねぇ。わざわざ枕をつくらないと双鷗先生のところに行かれないわけですね。やっかいなことだ」

お栄が小声でつぶやく。

「あのね、ちゃんと聞こえてますから」

お高は文句を言う。けれど、本当だから仕方がない。

小さく薄い菊枕を持って、お高は双鷗画塾に向かった。

双鷗画塾と書いた看板の脇の楓《かえで》はすでに葉を落としてしまっていた。空は高く、穏やかな日差しである。

お高は表門を素通りして裏口に向かった。

入ってすぐの台所の戸を開けると、まかないのお豊《とよ》と塾生の秋作がいた。

「こんにちは。丸九です」

　声をかけると、秋作が振り返った。たちまち笑顔になる。

「よかった。来てくださったんですか。今、先生のご飯を用意しているところなんですよ。米は火にかけました」

　秋作は鍋《なべ》を抱えて近づいてきた。

「お豊さんが『ん』のつくものが力になるというんで、南京《ナンキン》（かぼちゃ）を煮るところなんですけど、これでいいですか？」

　たっぷりの煮汁の中で南京が泳いでいる。これでは南京がやわらかくなるころには、ぐずぐずに煮くずれてしまうだろう。

「煮汁が多いのね。もうひと回り小さい鍋にして、ひたひたぐらいの煮汁にしましょうよ」

　ひたひたとは、材料が少し頭を出すくらいの汁の量のことだ。

「味つけはどうしたの？」

「えっとぉ。この前、お高さんになすを煮るとき教えてもらったように、醬油と酒と砂糖が同量です。今回はだし汁を多めにして、薄味にしました」

「それで大丈夫。よく覚えておいてくれたわね」

　お高がほめると、秋作は頰《ほお》を染めた。

「煮汁だけが先にとんでしまわないように、落とし蓋《ぶた》をするといいのよ。中まで味がしみて、ほっくり仕上がるから」

秋作がきょろきょろと見回すと、「ほいよ」と言ってお豊が手渡してくれた。

「ほかは、何をつくるつもりだったの？」

「とろろです。先生は豆腐《とうふ》が好きだから、豆腐は昆布だしで温めてとろろ汁をかけます。それから、大根とせりの酢の物。あとはご飯となめこのみそ汁とぬか漬け、甘味はところてんに黒蜜をかけます」

「ところてんに黒蜜？」

「京のほうじゃ、そういう食べ方をするそうです」

それにしても、今回の料理はまとまっている。そもそも豆腐を昆布だしで温めるというような技を、秋作が思いつくはずがない。

「その献立、秋作さんが考えたの？」

「まさか。私じゃ、こんな献立を考えられません。作太郎さんですよ」

やっぱり。

作太郎の名前を聞いて鼓動が速くなった。会いたいけれど、会いたくない。

「おい。秋作。飯は火にかけたか？」

大きな声がして作太郎が姿を現した。

たすきがけで藍色の着物の袖をからげて、料理をするいでたちである。

「あら、作太郎さん」

思いがけず明るい声になった。

「いやあ、お高さん。来てくださっていたんですね。ありがたいなぁ。秋作だけじゃあ、心もとないと思っていたんですよ。よかった、よかった」

白い歯を見せて笑った。すがすがしい笑顔だった。

作太郎は笑うと目じりにしわがよる。それは年寄りのようなしわではなく、清潔な気持ちのよいしわだ。

お高は心の霧が一瞬にして消えていくような気がした。

自分は今まで何をうじうじと考えていたのだろう。

心配することなど、何もなかったではないか。

「今、南京の煮方を教わっていたところです。この前、煮くずれてしまったのは汁が多かったからでした」

秋作が言った。

「そうだよ。言ったじゃねぇか。また、同じことをしていたのか。今日はよさそうだな」

作太郎は鍋をのぞいて満足そうにうなずく。

「私は何をしたらいいですか？」

お高は明るい声を出した。

「じゃあ、とろろをお願いできますか？　とろろは、だしにみそを加えてのばす。それを温めた豆腐にかけるんです。箱根《はこね》の方の店で食べてうまいと思った」

作太郎はお高に山芋を手渡すと、台の上の壺《つぼ》や箸《はし》をどけてすり鉢《ばち》をおく場所をつくってくれた。秋作に指示を出しながら機敏に動く。その間にも、お豊の問いにも答えている。

「まるで板長のようですね」

お高が感心して言った。

「そんなことはないですよ。秋作に味つけを教えてくれと言われて手を貸したら、こんなことになってしまった。双鷗先生には『お前につくってもらいたい』と頼まれるし、まいってしまった」

「だって、作太郎さんにつくってもらうと、同じ材料でも出来上がりが違う。さすが、江戸でも五本の指に入るという料理屋の息子さんですよ」

お豊がすかさず持ち上げる。

「私だって、自分の仕事があるんですよ。もへじに、お高さんに来てもらいたいと頼んだんですけれど、聞いていますか？」

「そういえば……」

お近がそんなことを言っていたような気がするが。

「やっぱり、ちゃんと伝わらなかったんだな」

残念そうな顔をした。

「作太郎さんはしきりに丸九の話をしていましたよ。行きたかったんですよね」

お豊が言った。

「そうですよ。もへじがうらやましがらせるようなことばかり言う。菊の花を酢の物にしたんでしょ。香りがよくて、歯ざわりがあったって」

「阿房宮という名だそうです。みちのくの方では菊をいただくと聞いてつくってみたんです」

そんなふうにしゃべるうちにお高は山芋をすりおろし、作太郎が調味した。

「味をみてくださいよ」

作太郎が小皿を手渡してきた。

お高はいつもかつおだしでのばし、醬油とみりんで味をつけ、仕上げにうずらの卵をのせて青のりをふる。

作太郎のものは昆布だしでのばして、みそとみりんなどで調味していた。ひなびた、けれどどこか品のある味わいだ。

「おいしい……、いえ、好きな味です。どこか懐かしいような気がするのは、どうしてかしら」

お高が応えると、作太郎はいたずらっぽい笑みを浮かべた。

「種明かしをしましょうか。みそもみりんも九蔵さんが使っていたものだ。この味は九蔵さんの好みだ」

「えっ。父の……」

お高は首を傾げた。

「私も九蔵さんの料理で育ったんですよ。ずっとあの人が板長だったんだから。もちろん、家の飯をつくるのは若い料理人だけど、調味料は同じだし、最後はちゃんと目を配ってくれた。料理人も九蔵さんに及第点をもらえるように苦心する。丸九の料理を食べたとき、なにか、懐かしい人に会ったような気がしました。九蔵さんがはじめた店だと聞いて納得したんです」

「そうですか。だから、ご贔屓《ひいき》にしてくださるんですね」

お高はうなずいた。一抹《いちまつ》の淋《さび》しさが心をすり抜けた。

――江戸に帰る途中、丸九の料理のことをずっと考えていた。今日の献立は何だろう。鰯かな、鯵かなって。それを考えると、足が前に進む。

以前、作太郎はそんなことを言ったことがある。

お高はうれしかった。

そうして、なぜか、自分に会いたいからだというふうにも受け取っていたのである。

でも、違った。

作太郎が足を運ぶのは、料理のためだった。自分ではなく。

お近なら「じゃあ、あたしはどうなの？」と無邪気にたずねるだろう。「なんで？　あたしに会いたいって言いなよ」と迫るかもしれない。

お高はそれができない。

もし、はっきりと「料理のためです」と言われたら悲しすぎる。

だから、聞かないほうがいいのだ。もやもやと苦しくても、あいまいなままにしておきたい。

胸のうちであれこれと考える間にも、手のほうは勝手に動く。

大根はせん切りにして塩でもみ、せりはさっとゆで、合わせて三杯酢で和えた。その間に、作太郎は汁を仕上げ、南京の煮物の味を直し、奈良漬けを切った。

作太郎は思った通りに手際《てぎわ》が良く、包丁の扱いにも慣れている。長くて細い、けれど力のありそうな指がしなやかに動いて、素材を切り、並べ、器《うつわ》に盛り付ける。

「そろそろ飯が炊けます」

秋作が言ったときには、南京はほっこりと煮あがり、酢の物も奈良漬けも用意ができた。温めた器に熱々の豆腐をよそい、とろろをかける。凝《こ》り性《しょう》の作太郎はところてん突きも用意していた。器に突き出し、黒蜜をかけた。しかもつくる端から片づけていくので、調理台はすっかりときれいになっている。

「よし。双鷗先生に飯ができたと伝えてきてくれ」

秋作に告げた。


お高と作太郎とで膳を運んで行くと、双鷗が座敷にちんまりと座って待っていた。濃茶《こいちゃ》の着物は綿が入って温かそうだ。茶筅髷《ちゃせんまげ》をきれいに結い、身ぎれいにしている。一時はずいぶんやせてしまっていたが、回復したようで顔色もよかった。

「ああ、お高さんも来てくださったんですか。それは、よかった」

うれしそうな顔をする。

とろろをかけた豆腐を匙《さじ》ですくって口に運ぶと目を細めた。

「これはいい」

南京をひと口含んでため息をつく。

「やわらかいですねぇ。薄味なのがいい。年寄りにはありがたいですよ」

双鷗はかみしめるようにゆっくりとひと箸、ひと箸味わっている。

「夏がきびしくて、もう、このまま弱ってしまうのではないかと思っていましたけれど、ずいぶん力になりました。やはり、食べないとだめですねぇ。食べるのが一番です」

思いがけず、大きなしっかりとした声で言った。

「そういえば、丸九さんでは菊の花が膳にのったそうですね。黄色が鮮やかで絵になるともへじが言っていました」

もへじは双鷗にも吹聴《ふいちょう》していたらしい。

「父が以前、膳にのせていたのを思い出しましたので。そうだわ。先生にお持ちしたものがあったんです。少し待っていただけますか？」

お高は菊枕を持ってきていたことを思い出して台所に戻った。菊枕を持って戻ってくると、双鷗と作太郎は何か話をしていた。

「今ね、向島の陶晴さんのことを言っていたのですよ。私はあなたにはお礼を言わなくちゃならない。あの仙人のところから作太郎を引き戻してくれたんでしょう」

「いえ、私は何も」

お高はあわてて手をふった。

「あの陶晴という男は曲者《くせもの》なんですよ。あそこにいると、時の流れが分からなくなる。向島というのがよくない。帰ろうと思えばすぐ帰れると油断してしまう。そのうちに、世間のことがどんどん遠くなる。だんだんどうでもよくなってくる。じつは、私も覚えがある」

双鷗が顔をくしゃくしゃとゆがめて笑った。

「おっしゃる通りです」

作太郎は頭を下げた。双鷗はお高を見て言った。

「あなた、作太郎に何を言ってくれたんですか。この男は帰ってから、熱心に絵を描いているんですよ」

「いえいえ、私は何も」

あの偉そうな説教のことか。お高は頬を染めた。

「菊の香りは心を穏やかにすると聞いたので、干した菊をつめて枕にしました。今の枕と重ねてお使いください」

菊枕を手渡すと、双鷗はさっそく香りをかいだ。

「ああ、いい匂いだ。菊枕か。そういうものがあるんですね。たしかによく眠れそうだ。ありがとう。このごろ、ひどく寝つきが悪くなった。布団にはいるのですが、目がぱっちりとあいてしまう。だから、朝起きても体がだるい。昼間についうとうとしてしまう。みんなは昼寝をするからだと言う。ちっとも分かってもらえない」

悲しそうな顔になった。

そんなふうに双鷗は作太郎とお高を相手に楽しそうにしゃべりながら、飯を食べた。いつの間にか器は空いて、最後の甘味になった。

「ああ。うれしいなぁ。最後に甘味があると、幸せな気持ちになる。今日はよく眠れそうだ」

相好をくずした。

「今日は遅くまでありがとうございました。店まで送ります」

裏口まで来ると、作太郎はそう言った。

夜になって少し風が出てきた。からっ風が足元を吹き抜けていく。

「いつもなら、江戸に戻るとすぐにお顔を見せてくださるのに、なかなかいらっしゃらないので、どうしたのかと心配しておりました。この前は失礼なことを申しましたから、気にさわったのかと。双鷗先生のお食事をつくるので忙しかったんですね」

お高は語りかけた。

「いや、忙しいというのも口実で……。やっぱり、少し恥ずかしかったんですよ。あなたには見抜かれているんだなと」

「そんなことはないです。こちらこそ、出すぎたことでした。私はいただいた茶碗で毎日ご飯を食べています。だんだん、あの茶碗が作太郎さん、そのもののような気になってしまっていたんです。作品とつくった人は別物なのに」

「あなたには、私がどう見えているんだろう」

「清楚《せいそ》な白色で、肉厚だがもろい。繊細ではかなくて、少しのことで欠けてしまいそう」

お高が言うと、困ったなぁというふうに目じりにしわがよった。

「そんな立派なものじゃない。私はくだらない人間ですよ。面倒からすぐ逃げ出す。負けず嫌いのくせに、あきらめが悪い。絵を描かなくなったのは、ある男と出会って勝ち目がないと悟ったからだ。ならば、潔《いさぎよ》く料理屋の主に収まればいいのに、まだ未練たらしく陶芸家のふりをしている。姉が怒るはずだ」

星が降るような夜というのだろうか。

晴れた夜空にたくさんの星がまたたいている。

「ご自分のことをそんなに悪くおっしゃるものではありません。双鷗先生があんなにかわいがってくださるのは、作太郎さんにはほかの人にはない何かがあるからでしょう？　作太郎さんには天から与えられた何かがあるんですよ」

「そうかなぁ」

作太郎は首を傾げた。

「私が絵を描くようになったのは、子供のころ、遊び相手がいなかったからですよ。五歳まで海辺の村で母とふたりで暮らしていた。私の母は西国《さいごく》の名のある絵師の娘だと聞いたけれど、本当のところはどうかな。家には筆や紙がいつもあった」

「作太郎さんは英の息子さんでしょう。江戸の生まれではなかったのですか？」

お高はたずねた。

「いや。私と姉は母親が違うんです。姉は正妻の子だけれど、私は外の子だ。継母《はは》に男子ができなかったというので、五歳のときに英に呼ばれて『この人がお父さん、お母さんだよ』って言われた」

　そういえば、以前、江戸の生まれではないと聞いた気がした。

「継母だって面白いはずがない。姉とは年も離れていたし、ほとんど口をきいてもらえなかった。奥向きの女中や店の仲居たちも継母に気を遣《つか》って私には声をかけない。やさしくしてくれたのは九蔵さんだ。絵を描くのに飽きると、厨房に行った。私は九蔵さんに包丁の持ち方を習ったんだ」

「だから、料理が上手なんですね」

「上手というほどじゃない。だけど、英を継ぐなら、料理ぐらいできたほうがいいと父も継母も思ったんでしょう。双鷗画塾に入ったのは絵描きになれば、継母や姉から離れられると思ったからだ。塾生の間はしかたなく家から通ったけれど、師範になってからは画塾の寮に居座った。そうやって、少しずつ、少しずつ逃げた……」

　夜の闇は深くなって、隣にいる作太郎の姿は黒い影になっていた。だが影は温かく、しっかりとした輪郭を持っている。

「あるとき、九蔵さんに言われたんだ。『坊ちゃんは本当に絵の道に進むんですかい？　それでいいんですかい？　立派な先生が認めたんだ。きっと坊ちゃんには絵の天分ってもんが備わっておいでになる。だけど、英の跡継ぎってことも忘れちゃ困りますよ。坊ちゃんには旦那さんの血が流れている。おりょうさんの将来を預かっているってこともね。頼みますよ』」

「父がそんなことを申しましたか」

「ええ。あの言葉は痛かった。あれから何年も過ぎたのに、結局、私は同じ場所にいる。何の進展もない。ひとつも解決していない。姉が怒るのも当たり前だ」

自嘲《じちょう》するように低く笑った。

「申し訳ないな。自分のことばかりしゃべってしまった」

「いいえ。そんなふうに話していただいて、うれしいです。少しだけ、作太郎さんのことが分かった気がします」

角を曲がれば丸九である。

もっと、どこまでも道が続いていけばいいと思った。

手をのばせば届くところに作太郎の腕があった。

お高はその腕に触れたかった。

細くて長く形のよい指に、自分の指をからめたかった。

だが、頭のどこかで「おりょう」という名が響いている。

作太郎はいつか英に戻って、おりょうといっしょにならなければならない。そういう約束なのだ。

——戻れなくなることをしてはいけない。人を悲しませてはならない。
九蔵の声が聞こえたような気がした。

第四話　出世魚の真意

一

明け六つ（午前六時ごろ）、お高は二階の部屋から厨房《ちゅうぼう》に降りてくる。夜はまだ、どっかりと腰をおろしていて、凍《い》てつくように寒い。

裏の戸を開けると、東の空は赤く染まっていて、黒い影のような木立から鳥たちが騒がしく鳴き声をあげながら飛び立った。

身が引き締まるような寒さは嫌いではない。

さあ、今日も始まる。

お高は背筋をしゃんとのばして、たすきをかけた。厨房に戻ると、夜の気配はどこかに消えていた。

「この魚、なに？　なんていう名前？　なんか、見たことがある」

お近が指さしてたずねた。

「すずき。だけど、これはせいごだよ」

お栄が答えた。

「え、分かんない。どういう意味？」

お近は首を傾《かし》げた。

「すずきは出世魚《しゅつせうお》なの。成長するにしたがって名前が変わるのよ。五寸（約十五センチ）くらいまでは木《こ》っ端《ぱ》。十寸ぐらいまでをせいご、二尺までは福子《ふっこ》、それより大きくなるとすずき」

「そっかぁ。あたしの知っているのは木っ端だ」

お近は無邪気に笑う。父親はおらず、仕立物をしている母親は目を患《わずら》っている。暮らしは貧しく、丸九に来るまでは、同じ長屋のぼて振りの魚屋から売れ残った魚のあらや小魚などを安く分けてもらって、雑炊《ぞうすい》のようにして食べていたそうだ。

丸九で扱うのはせいごが多い。

一人前が一尾。皿から尾がはみだすくらいの大きさが喜ばれる。

若いから脂《あぶら》があっさりとしている。だが、いいだしが出る。それを醬油《しょうゆ》と砂糖と酒でこっくりと煮るのだ。

「おお、今日はせいごかぁ。生きがいいねぇ。身がぴんとそりかえっている」

客が言う。どうやら、仕入れに来た料理人らしい。これから店に戻って仕込みに入るので、その前の腹ごしらえである。

「松江《まつえ》の夏すずき、江戸の寒《かん》すずきって言うんだ。せいごも寒いときがうまいな」

隣の客が答えた。こちらも料理人仲間らしい。

厨房で聞いていたお高は首を傾げた。初めて聞く言葉である。

「なんで、松江なんだ？」

客がたずねる。

「お前、松江ったら、松平不昧《まつだいらふまい》様だろう」

食通としても知られる大名茶人の名をあげた。きっと松江でも、いいすずきが獲《と》れるのだろう。

「なんでもさ、すずきの蜘蛛《くも》腸《わた》の汁物があるそうなんだ。すずきの腸《はらわた》っていうのは細くて蜘蛛《くも》の巣みたいになっている。浮袋なんかといっしょに塩でもんでよく洗って、軽くあぶって湯を注《そそ》ぐ。それが、うまいのなんのって……」

「おめぇ、食ったのか？」

「いや、聞いた話だ。両国の柳雲《りゅううん》って料理屋があるだろう。そこで出す」

「はは、考えたな。手がかかるって言ったたって、腸なんか捨てるところだ。それでいくらとるんだろうな」

そう言って、ふたりは立ち上がった。

柳雲は料理番付でもつねに上位にあがる店だ。英《はなぶさ》ともよく比較されるが、今の主人はやり手で、めきめきと売り出している。

蜘蛛腸の汁物。

料理名はなにやら怪しい。不気味だ。だが、見た目はどうなのだろうか。案外、真っ白で繊細な姿かもしれない。いざ、口にすると、これが驚くほどの美味。

食通たちはそういうものに弱いのだ。

お高はあれこれと想像しながら、手を動かしていた。


朝の一団が過ぎて一段落して、三人で朝餉《あさげ》を食べているとき、お近が言った。

「じつはさ、もへじがさ、あたしのことを描《か》きたいんだってさ」

お近は当然というように、年上のもへじを呼び捨てにしている。

「あんたの姿をかい？」

お栄が聞き返した。

「うん。もへじは頼まれて、ときどき浮世絵を描いているんだよ。それでね、炭屋が年の瀬にお客に配る暦《こよみ》の表紙絵の仕事があるんだってさ。あたしに、その女絵《おんなえ》の手本になってほしいって」

「手本って？」

お高はたずねた。

「だから、あたしの姿をもへじが描いて、表紙絵にするんだ」

お近は得意げに胸をそらす。

「ほう、あんたでいいってか」

お栄がからかう。

「ぴったりなんだってさ。ねぇ、炭屋はお客みんなにその暦を配るんだ。日本橋あたりの家に、あたしの姿を描いた暦が飾られるんだよ」

「そんなこと言ったって、あんたが描いてあるのは表紙だけだろ。年が明けたら、表紙は捨てられちまう」

「そうかもしれないけどさ。それでも、最初に見るのは表紙だ。あたしの顔だ」

お近は高らかに言い放つ。

「それで、絵を描くのはいつなの？」

「まだ分からないけど、決まったら教えてくれるって。知り合いのそば屋の二階を借りていて、そこに髪結《かみゆ》いが来る」

「着物はどうするの？」

「正月用だから、晴れ着なんだ。町娘って感じのものをもへじが探してくれるって。本当はお高さんに断りを入れるところなんだけど、急な話なので失礼をしました。心配なことはありません。おふたりも来てくださいって」

お近は言った。

昼を過ぎて片づけをしていたとき、向島から楽焼《らくやき》が届いた。お高の「福」と書いた皿、女の顔が並んだお栄のもの、元気のいい花火はお近だ。

「出来上がってみると立派だねぇ。よし、今日からこの皿で食べることにしよう」

お栄が言う。

「あたしも。お高さんは？」

お近がたずねる。

このまま、しまっておきたいような気もするが、ふたりが許してくれなさそうだ。

「もちろん、使うわよ。そのつもりだもの」

三人であれこれと話していると、裏の戸をたたく者がいた。

「すみません。ちょっと、いいですか」

双鷗《そうおう》画塾《がじゅく》の秋作だった。いつになく戸口のところでもじもじしている。

「先生のお食事のこと？」

お高がたずねた。

「いや、そうじゃなくて。一身上のことで」

「イッシンジョウ？」

楽焼の皿を片づけていたお近が、ぱっと振り向いた。

「ああ、いいねぇ。言ってごらん。聞いてあげるから。相談にのるよ」

お栄がにんまりと笑う。

秋作を囲んで、お高、お栄、お近が床几《しょうぎ》に腰かけた。

すすめられた茶に手をつけず、うつむいていた秋作はようやく顔を上げるとたずねた。

「お高さん、女の人っていうのは、どういう男の人が好きなんですか」

面白い話になったというようにお栄の目がきらりと光る。お近も秋作の顔をながめる。

「そうねぇ。秋作さんはだれか、気になる人がいるの？」

お高が聞き返した。

「そういうわけじゃないんですけど……」

口ごもってしまう。

「やっぱり、男らしい人がいいんじゃないのかしら」

お高が誘い水をむける。

「男らしいって、たとえば？」

秋作がたずねた。

「気性がさっぱりしていて、たくさん仲間がいて、慕《した》われているとか。ぐいぐい引っ張ってくれるとか……」

「お高さん、それって政次さんのことじゃないですかぁ」

お近が大きな声をあげた。

「あら、違うわよ。全然、そんなことはないわよ」

お高はあわてて手をふった。

「だって仲間を集めて、何かをはじめるのはいつも政次さんですよ」

お栄もだめ押しをする。

「あ、そうだわ。頼りがいがなくちゃだめよ。最後までやり抜くとかね。そこが政次さんに欠けるところよ。自分はいいとこどりで、面倒はまわりに押し付けるんだから」

顔を赤くして抗弁した。

「じゃあさ、お高さんは結局、どういう人が好きなの？　男らしくてぐいぐい引っ張ってくれるような人？　それとも、ちょっと陰があって助けてあげたいって思うような人？」

お近が追及する。

「この人は面食いだね。昔からそうだ」

お栄が断言する。

「やめて、やめて。私の話じゃないでしょう」

お高は悲鳴をあげた。考えているのと違う方向に行ってしまったので、秋作は困った様子でうつむいてしまった。

「結局、人柄《ひとがら》なんじゃないかねぇ。人なつっこいとか、やさしそうとか、よく気がついて思いやりがあるとか、そういう人はいいよね」

お栄がさりげなく秋作を持ち上げる。すかさずお近が口をはさむ。

「あとは、金だね。金を持っていないとだめだよ。からっけつだったら、遊びに行ってもちゃんとした店には連れていってもらえない。屋台でそばがせいぜいだ」

塾生の秋作に金があるはずもない。せっかくお栄に持ち上げてもらったのに、お近にぺしゃんこにされて秋作はしょげた。

「せっかくここまで来たんだろ。腹を割って、思っていることを言いなよ。そうじゃないと、こっちもどう相談にのったらいいのか分かんないんだから」

お栄が詰め寄る。

「いや、それは……」

しばらく秋作はためらっていたが、ようやくぽつりぽつりとしゃべりだした。

「某《なにがし》という男がいます。双鷗画塾で学んでいて、私の親友です。その男が、ある娘さんを見初《みそ》めたんです。で、文《ふみ》を出したい。だけど、口下手《くちべた》だから何を書いたらいいのか分からない。それで、私が代わりに文を書くことにしました」

「どんなことを書いたの？」

お高がたずねた。

「別にたいしたことじゃないですよ。自分は双鷗画塾で学んでいる者です。いつも、あなたのお姿を見ております。今日の着物はすてきでした。お顔立ちによく合っていました」

「まっすぐだねぇ。若者だ」

お栄が感心する。

「工夫がないとも言う」

偉そうにお近が批判する。

「返事は来たの？」

お高がたずねた。

「来ました。でも、某は見せてはくれません。それで、次の手紙を書けと言いました」

お近がうながす。

「今度は何を書いたの？」

「私はその人の名前も姿も知らない。教えてもらえたのは、大きな紙問屋のお嬢さんだということだけです。仕方がないから、牡丹《ぼたん》の絵を描きました。あなたを想《おも》って描きましたって」

「牡丹の花のように美しいってことだね」

お栄がうなずく。

「すごく喜んだそうです」

お高は大いにうなずいた。

「それはそうよ。本当に双鷗画塾の人だって先方も安心したんじゃないの？　文はうれしいのよ。何回も読みなおせるから」

思わず本音が出た。ちらっとお栄とお近が視線をよこす。

お高は作太郎からもらった茶碗《ちゃわん》をながめ、ひと言しか書いてない添え書きを何度も読みなおし、そのたび幸せな気持ちになったのだ。

「向こうのお嬢さんは、あなたのお友達のことを知っているの？」

お高がたずねる。

「何枚目かのやりとりのあと、琴の稽古《けいこ》の帰りに会ったそうです。お供の女中さんもいるし、ほんの短い時間でした。『はじめまして、これからもよしなに』って言うのがやっとだったって」

「初々《ういうい》しいねぇ」

お栄がにんまりとする。

「そいつは顔がいいんです。深川《ふかがわ》の材木商の三男で、役者みたいなやさしげな顔をしている。私とは全然違う」

　私とは全然ちがう……。

　その言葉で、相談したい事柄が見えてきた。

「秋作さんも、そのお嬢さんに会ったの？」

　お高が水をむける。

「そのときは遠くからちらっと……」

「ながめたんだ」とお近。

「美人さんだったんだろうねぇ」とお栄。

「牡丹のように華やかで、桃の花みたいにかわいらしく、百合《ゆり》のように清楚《せいそ》でした」

　秋作はそう言って頬《ほお》を染めた。

「それで、好きになっちゃったのかい。困ったねぇ」とお栄。

「そうなんですよ。だから苦しくて……。課題が手につかないんです」

「あんたは、それでなくても、課題が手につかないんじゃないの」

　お近がまた、よけいなひと言を口にする。

「違いますよ。今までは頑張って描いていたけど、うまく描けなかったんです。今は、それもできなくなった。筆をとると、千代《ちよ》さんの顔が浮かぶ。切なくなる……。だって、友《とも》助《すけ》は……」

秋作は思わず、言わないはずの友と娘の名を口にした。

「私の描いた絵のおかげで千代さんと仲良くなって、今は、ときどき、茶屋で話をするようになったんですよ。千代さんは両親にも友助のことを話して、両親もそういう家の息子さんならって喜んだって」

「万々歳じゃないか。あんたはちゃんと役目を果たしたんだ。喜んであげなよ。友達なんだろ」

「そうなんですよ……。そうなんです……。友助はいいやつなんです。入塾したときにすぐ仲良くなって、それから今までずっと。だから、最初に、文を頼まれたときも快く引き受けたんです。お前だから俺のひみつを話す。頼まれてくれって……。それなのに、ふたりがうまくいったというのに心から喜べない。妬《ねた》んでしまう。なんて私は嫌なやつなんだ」

秋作は涙ぐんだ。

「そんなことはないよ。正直な気持ちだよ」

お近があわててなぐさめた。

「こんなことをしていたら、私はまた、こんどの試験も失敗してしまう。五年の期限がきて、塾を出されてしまう。今年は正念場だったのに。そのために双鷗先生の食事もつくって頑張ってきたのに」

「あら、ひと月ぐらい前にも、試験があるって言ってなかった？　そんなにしょっちゅう、試験があるの？」

　お高は首を傾《かし》げた。

「ですから、その試験には落ちたんです。今度のはお情けの再試験で、これに失敗すると、ほんとうに師範《しはん》の道は閉ざされます」

　秋作は崖《がけ》っぷちなのである。

「でもさ、友助さんと千代さんはうまくいったんだから、もう文は書かなくてもいいんだよね。その試験が終わるまで、ふたりのことを考えるのはやめにしたらいいよ」

　お近が助言する。

「いや、そうはいかないんですよ」

　大事な箱入り娘である。千代の両親はふたりの仲を温かく見守ることにしたが、おのずから節度というものがある。今までは、稽古の行き帰りには若い女中が供について来ていたが、最近は古手の女中がぴったりと張りついて目を光らせている。妙な噂《うわさ》がたってもいけないと、水茶屋で顔を合わせても離れて座り、あたりさわりのない話をするのがやっとだという。

「だから、文が欲しいというのですよ」

秋作はすでに半べそである。

「それで、相変わらずあんたが書くわけか」

お栄がため息まじりに言った。

「友助がこんな着物を着ていた、こんな話をしたとしゃべる。それで、私が文に書く。『私が塾の話をしたときに、あなたは笑った。それがとてもかわいらしかった』とかね。友助のやつ、また、うれしそうに千代さんのことをしゃべるんです。女中さんの目を盗んで、指に触れたらとてもやわらかかったとか」

「友助、やるじゃないか」

お近が言う。

「そうでしょう。だから、もう、自分で書けばいいのに」

「でも、そうなったら淋《さび》しいんだろ」とお栄。

「そうです」

かわいそうに秋作はどっちに転んでも辛《つら》いのだ。

「昨日、私はとうとう我慢できなくなって、友助と千代さんが会っているところを見に行ったんです」

「どうして、そんなところに行ったのよ。苦しくなるだけでしょ」

思わずお高は咎《とが》める声になる。

「そうですよね。分かっていたんですけど、我慢できなくて。初めて、千代さんの顔をちゃんと見ました。……思っていたのの何倍もかわいい人でした。色が白くて、笑うと目がかまぼこみたいに半月形になる。頬がふっくらとしてやわらかそうで、鼻がね、指でこうつまんだみたいにちょっと上を向いている。ああ、自分には遠い人なんだなあって思ったら、本当に悲しくなった」

そう言うと秋作はぐすりと鼻を鳴らし、ひと粒、涙を流した。

つられてお高もほろりとする。

「ああ、まったく。恋わずらいにつける薬はないんだよねぇ」

お栄があきれたような声を出した。話はぐるぐるまわって、いつまでたっても解決に至らない。秋作は肩を落とした。

いよいよ、お近の姿絵を描く日が決まった。

誘われてお高とお栄もそば屋の二階に行った。

髪結いが待っていて、支度にかかる。

もへじは髪結いの脇に立って「もう少し、鬢《びん》のところをふくらませて」とか「襟足《えりあし》が長く見えるように」とか注文をつけた。

お高とお栄は端の方に座って、その様子をながめていた。

髪をふくらませた流行《はや》りの髪を結い、化粧をしたお近ははっとするほど大人びて色気があった。白粉《おしろい》がそばかすを消し、紅《べに》をさした唇はふっくらとして、やせた小さな顔に大ぶりな髪型がよく似合う。

もへじは裾《すそ》に花と鳥の模様が入った小豆色《あずきいろ》の着物を用意していた。帯は粋《いき》な翡翠《ひすい》色の縞《しま》だ。髪に合わせて、襟を大きく抜いた粋な姿に着付ける。

お近には少し地味かと思ったが、仕上がってみると翡翠色の帯とよく合っている。動いたときに、ちらりとのぞく見返しは初々しい水色で、白くあられ雪のような模様が入っている。襦袢《じゅばん》は紅《くれない》の地に白く牡丹の花が染め抜いてあり、これも上等のものだった。

「さすがにもへじさんの見立てだねぇ。あたしたちじゃあ、こういうふうにはならないねぇ」

お栄が感心したような声をあげた。

「じゃあ、最初はそこに座って、両手をついて『明けましておめでとう』と言ってくれるかな」

もへじが注文をつける。

「絵には声は入らないんでしょ」

お近は生意気なことを言う。

「そうだけどさ、明けましておめでとうと言葉に出すと、そういう顔になるんだよ」

「ふうん」

お近は神妙な顔で座りなおす。

画帖《がちよう》を広げたもへじは筆をとった。途端に目が鋭くなった。

すばやい筆の動きで描いていく。筆が生き物のように踊っていた。

お高がちらりとのぞくと、どれも線だけで描かれていた。頭が省略されていることもあるし、手足が省かれているときもある。けれど、そこにはお近がいた。くりくりと動く目や、やせて骨ばった背中や、細い手首、やせているくせに張りのある胸や腰がとらえられていた。

これが絵描きの仕事か。

お高はひそかに舌を巻いた。

「じゃあ、立ち上がって、そうだな、手を上げて袖《そで》を持って」

「そうそう」

「そのまま、ぐるっと回って、後ろを振り返って」

「しゃがんで、草を摘《つ》んでいるつもりで」

「ちょっと体を後ろにそらして」

もへじはどんどん注文をつける。

「ええ、もう、疲れたよ」

お近はわがまま放題である。

「じゃあ、そこに座っていていいから」

もへじはお近の頭の部分だけを描く。

「はい、右向く。今度は左。首を傾げて。もう少し。はい、逆ね」

「こんなふう？」

「そうそう。それでいい。じゃあ、ありがとう。もう帰っていいからね。髪は前のように直してもらえるから」

半時ほどで終わってしまった。

お高はたずねた。

「これから絵にするんですか？　色をつけなくていいんですか」

もへじの画帖は墨一色だ。

「色は頭に入っているからいいんですよ。このあと画塾に戻って下絵をおこして、色をつけて版木《はんぎ》を彫る職人に渡すんです。あ、でも、これは私のやり方です。みんなそれぞれ、描き方は違うんですよ」

もへじは明るい調子で言うと、道具をしまいはじめた。

「どういう絵になるんだろうなぁ。楽しみ」と、お近は無邪気に喜んでいる。お高もなんだかうれしくなった。

「そうだ。お近ちゃんから聞いたんですけど、秋作がお宅に相談に行ったんですか？」

もへじがふと、思い出したようにたずねた。

「ああ、そういえば、いつだったか」

お高はあいまいに答えた。

「あいつ、このごろ、様子が変なんですよ。ため息ばかりついて絵もろくに描いていない。師範たちも心配している」

お近がお高の方を見て目くばせしている。どうやら、話のついでに秋作が来たことを言ってしまったらしい。しかし、さすがに恋文の代筆をしてその相手に惚《ほ》れてしまったという顚末《てんまつ》までは言っていないようだ。

「そのときは、いつも通りでしたけど」

お高もあたりさわりのない答えをする。

「そうですか。もし、また来るようなことがあったら、課題を頑張るように言ってやってください。再試験があるんですよ。ここで失敗したら、本当に後がないんだ」

「分かりました。今度、来たら、よく言って聞かせます」

お高は約束した。

二

それから何日か過ぎた。その日は五のつく日で夜も店を開ける。お高たちが支度をしていると、裏口で声がした。

「植定です。若旦那から言付《ことづ》かってきました」

開けると、植定の印半纏《しるしばんてん》に腹当て、ももひき姿の若い男が深紅《しんく》の寒牡丹の鉢《はち》を抱えている。

「あれぇ」

お栄が驚いて大きな声を出した。

「若旦那からです。店に飾ってくださいということです」

男は威勢のいい声をあげた。

「だって、こんな贅沢《ぜいたく》なもの……」

お高は言葉に詰まった。うれしいというより、困惑する。

「後から、みんなでうかがいますから、よろしくお願いいたします」

男はお高に手渡すとぺこりと頭を下げて帰っていった。

素焼きの植木鉢はずっしりと重く、茎は勢いよくのびて一輪は満開、もう一輪は咲きはじめ、さらにつぼみもついている。

「ひゃあ、大変だ。大変だ」

お栄がやたらと大声を出す。

「そんなにすごいもんなの？」

お近がたずねた。

「当たり前だろ。霜《しも》がおりる季節にこんな立派な花を咲かせるんだ。どんだけ手間ひまかかっているか、あんただって分かるだろう」

「そうかぁ。すごいね。植定の若旦那って草介さんのことでしょ。ねぇ、なんで、花なんか持ってきてくれたの？」

お近が目をくりくりさせてたずねる。

「そうだねぇ。こんな立派なもんを。ただ、持ってくるわけはないねぇ」

お栄は意味ありげにお高の顔を見た。

「知らないわよ。私は」

いつもならもっと違うことを言えるのに、お高の口からはそんな言葉しか出なかった。

「酒は熱燗《あつかん》にしておくれね。こう寒いとね、まず中から温めないとさ」

一番でやって来たのは徳兵衛で、寒さで鼻の頭が赤くなっている。

「ほう、立派な寒牡丹だねぇ。どうしたんだい?」

店の奥に飾った紅色の花はいやでも目に付く。

「ああ、これですか。お得意さんからの差し入れなんですよ」

お栄が意味ありげに告げる。

続いて惣衛門とお蔦《つた》がやって来たが、やはり最初にたずねるのは、花のことである。

「いえ、さきほど、草介さんからちょうだいしたんですよ」

お高は膳《ぜん》をおきながら、なるべくさりげなく聞こえるように伝える。

「植定さんなら、寒牡丹もお手のものだろうけど。それにしても立派だねぇ」

惣衛門が感嘆する。

「え、お得意さんて草介のこと? あいつが? なんで、お高ちゃんのところに持ってくるんだよ?」

徳兵衛はとたんに話に食いついてくる。

お蔦はついついと小唄《こうた》を口ずさむ。

——空にひと声時烏《ときがらす》
菊や牡丹の蝶番《ちょうつがい》
離れぬ仲のむら千鳥《ちどり》
どうやら恋の唄らしい。

「では、今日は福子の刺身で、後から柚子《ゆず》釜蒸《がまむ》しが出ます。中身をくりぬいた柚子皮の中に白子《しらこ》を入れて、柚子みそをかけています。汁は三つ葉とかまぼこのすましで、大根のべったら漬け風、ご飯で、甘味《かんみ》は白玉団子《しらたまだんご》に甘い柚子の汁をかけています」

お高はそれを無視して献立《こんだて》を告げる。

「ほう、福子ですか。出世魚ですな」

惣衛門はうれしそうに目を細めた。刺身にするので、身の厚い福子にしたのだ。

「草介も出世魚だよ。今にでっかい、すずきになるからね」

徳兵衛は子供のころからよく知っている草介を持ち上げる。

まだ、何か言いたそうにしていたが、ちょうどそのとき、お近が柚子釜を運んできた。

柚子の香りがあたりに広がる。

やわらかな白子は熱を加えることでうまみを増し、白みそのぽってりとしたたれが引き立てる。

「これは、おいしい」

惣衛門が舌鼓《したつづみ》を打つ。

「ああ、今日、来てよかったよ」

毎日来ている徳兵衛がうなる。とりあえず、草介のことは頭から消えたようだ。

「白子が甘いよ」

お蔦は目を閉じてゆっくりと味わっていた。

「お、なぞかけが出来た」

徳兵衛が大きな声を出した。

店の客たちは「またか」というふうに笑いながら聞いている。

「柚子とかけて、若者とときます」

「はい、柚子とかけて、若者とときます」

惣衛門が受ける。

「その心は、時にはすっぱい（失敗）も大事です」

徳兵衛が言う。

「おお、今日はきれいにまとまったじゃねぇか」

店の奥の客から声がかかり、徳兵衛はうれしそうに首をかいた。

そのとき、戸が開いて、草介が若い者を三人連れてやって来た。さきほど鉢を持ってきた若者もいた。

「おお、草介か。待っていたんだよ」

徳兵衛が大きな声を出した。

「すみません。立派なお花をいただきまして。店が明るくなりました」

お高は草介に礼を言った。

「この季節にはめずらしく、いい具合の寒牡丹があったので届けさせたんですよ。喜んでいただけると、こちらもうれしいです」

草介は店の者といっしょのせいか、政次たち、幼なじみといっしょのときとは違う大人の顔をしていた。

「同じ店でも、夜はまた全然違う様子なんだね」

「ええ、酒も出しますし。みなさんの顔つきも朝や昼とは違います。どうぞ、ごゆっくり」

なんだか気恥ずかしくなってあわてて厨房に戻って来てしまった。

「さすがに若い者を連れているときは、若旦那って貫禄《かんろく》がありますねぇ」

厨房に戻るとお栄が言った。

「前、見たときは別にって感じだったけど、今見ると、けっこういい男だね」

お近も自分のことは棚にあげて品定めする。

草介は骨組みのしっかりとした柄の大きな男だ。顔の彫りが深く、太くて黒い眉《まゆ》と強い目をしている。仕事を終えてひと風呂浴びてきたのか、さっぱりとした顔で、渋い黒の結《ゆう》城紬《きつむぎ》をさらりと着ている。それがよく似合った。

「ああ、そうだよ。目がいいよ。きりっとして男らしい。だいたい、やることが粋じゃないか。ぱあんとしていてさ」

お栄が言う。

「うん。ぱあんとして、そのうえ、ぐいぐいだ」

お近も続ける。

寒牡丹の鉢のおかげで、お栄もお近もすっかり草介贔屓《びいき》になってしまった。

草介たちは仕事の話でもしているらしい。

旺盛《おうせい》な食欲で食べ、飲んで、よくしゃべり、笑う。明るいいい酒だ。

そのとき、表の戸が開いて、作太郎ともへじが連れだって入って来た。

「まあ、いらっしゃいませ」

お高はいそいそと出迎えた。

「先日はどうもありがとうございました。今日も双鷗《そうおう》先生を誘ったんですが、寒いとか何とか言ってね。すっかり出不精《でぶしょう》になっている」

そう言った作太郎は、すぐに寒牡丹に目をとめた。

「いやあ、みごとな寒牡丹だ。店が華やかになる」

「画材に冬牡丹を描くこともあるけれど、これほど大きくて姿の整ったものはめったにない」

もへじも感嘆する。

「ほら、絵描きの先生たちもそう思うでしょ。草介がお高ちゃんにって、わざわざ持ってきたんですよ」

　待ってましたというように徳兵衛が声をかけた。

　名前が出た草介は顔を上げてかるく会釈《えしゃく》した。

「この男はね、植定ってこのあたりじゃ、ちっと名の知れた植木屋の息子でね、お高ちゃんとは幼なじみなんだ。尾張の方に行っていたんだけど、いい男になって八年ぶりにこっちに戻って来たんだよ」

　調子にのってぺらぺらとよけいなことをしゃべる。

　作太郎におりょうという許嫁《いいなずけ》がいたということは、お栄あたりからすでに耳にしている。ひそかに気をもんでいるところに、新たに現れたのが草介である。

　――だからさぁ、そんなややこしい男はほっぽっちまってよぉ。気心の知れている草介がいるじゃねぇか。大丈夫だ。あとのことは、万事俺に任せろ。うまくまとめてやる。

　そんな徳兵衛の心の声が聞こえるようだ。

　お気持ちはありがたくお受けします。

　でも、けっこうですから。何もしないでくださいませ。

　お高は祈るような気持ちになる。

　そのとき、お近が柚子釜を持ってきた。

「ほう。いい香りだ」

作太郎ともへじは目を細める。

「このたれは父から習いました。上手にできているかどうか」

お高は作太郎に告げた。九蔵が英《はなぶさ》でつくっていたのと同じように京の白みそに酒やみりんなどを加えて調味した。英では白子も最上のものだし、ほかにもいろいろ入っていたかもしれないが、白みそのたれだけは、英と変わらない。

作太郎は箸《はし》で口に運んだ。

目をつぶって味わい、にっこりと笑った。

「そうですね。この味だ」

「そう言っていただけてよかった。父も喜びます」

お高は笑みを浮かべた。

作太郎のこの笑顔が見たくて、柚子釜にしたのだ。たれの味はとくに心して仕上げた。英の、九蔵の味になるように。

作太郎と目が合った途端、店のざわめきは遠くなり、徳兵衛たちや草介がいることも忘れた。それはほんの一瞬のことだけれど、お高は胸が痛くなるような気がした。

草介たちはにぎやかに飲み食いし、さらりと座を立った。

「今日は、お運びいただいてありがとうございました。お花もありがとうございます。また、お越しくださいませ」

お高は入り口でていねいに頭を下げた。

「おいしかったです。また、寄らせていただきます」

草介はそれだけ言って去っていった。

なぜか少し物足りない気がした。

お高もやはりどこか草介に心を動かされているらしい。

「ねぇ、お客さんが話をしていたけど、英って危ないの？」

膳を運んできたお近が声をひそめてお高にたずねた。

「どのお客さん？　なんて言ってた？」

お高も小さな声になる。

「奥の席のふたり。新しい板前になって、その人も辞めたんだって」

お高は首をのばして店の中を見た。

どこかの店の料理人か、手代《てだい》だろうか。

丸九の客は仲買人《なかがいにん》や板前なども多い。仲間内の話はすぐに伝わるのだ。

「ちょっと、お近ちゃん、鍋を見ていて」

お高は土瓶《どびん》を手に、客に茶を注《つ》いで回った。

――前の板前は材料を横流ししてたんだろ。

話し声が耳に入ってきた。どうやら英の噂をしているらしい。

――それで、そいつの下にいたのが板前になったんだ。前の板前は、せこい奴でも腕はよかったらしいよ。で、引き抜かれたんだな。

――どこに？

――両国の柳雲だよ。出入りの酒屋の手代が教えてくれた。

――英は若いおかみだろ。やっぱり甘く見られるんだな。

「お茶をお注ぎしますか」

そう言いながらお高が近づいていたので、男たちは話をやめた。

英の話は思いのほか、早く伝わっているらしい。

――金でもめたんじゃねえのか。あの店も以前ほど勢いがないから。

しばらく後で、仲買人らしい男たちが話していた。

――先代がやり手だったからなぁ。まあ、時代もよかったし。

英が一番華やかだったのは、先代が店を継いで、江戸風の料理で売り出したころだ。九蔵が板長に抜擢《ばってき》されたのもそのころだ。

文人墨客《ぶんじんぼっかく》、そのほか名のある人々がやって来た。

毎夜、面白い趣向が待っていた。英に行くと、だれかに出会える。何かが起こる。

人々はそんなふうに思った。

上手に客同士を引き合わせたのは、先代だった。そこで商いが広がった人も多いという。

ら。

——今はどこも厳しいよ。とくに、ああいう格式のある店はさ。とにかく景気が悪いか

お高は厨房に入って考え込んでしまった。

世の中は年々厳しくなっている。

以前はよく来ていた客が、急に顔を見せなくなる。後から、商いがうまくいっていないのだということを聞く。そんなことが何度かあった。

米、油、みそ、醬油。野菜も魚も値上がりだ。だが、お高は無理をしても質も量も落とさないようにしている。

「なんだか、いつもより魚が小さいねぇ」

「汁が薄くなったんじゃねぇのか」

たまたま、その日の魚が小さかったり、汁をよそったお近がちゃんとかき混ぜないから上澄みだったりしても、すぐに文句が出る。

言われればあやまるし、説明もする。

文句を言ってくれる客はいいのだ。丸九が好きなのだ。また、来たいと思っているから言うのだ。怖いのは何も言わない客だ。だまって食べて、次から来るのをやめる。よそで「あそこは味が落ちた。量も少なくなった」としゃべるかもしれない。

それが怖い。だから、利はどんどん薄くなる。

幸い、丸九はお高とお栄、お近の三人の小所帯だからなんとかやっていける。

だが、英はそういうわけにはいかないだろう。

働いている者も十人はくだらない。材料だっていいものをそろえている。それを常に用意しておく。あてにしていたほど客が来なくて、むだになることもあるだろう。

大きな店は利も大きいが、苦しくなったときは損も大きい。

「このままだと、やっぱり重石《おもし》になる男がいなくちゃって、話が出るかもしれないですねえ」

お栄の言葉にお高ははっとした。

姉の猪根《いね》あたりから、またぞろ作太郎に英に戻って来てほしいという声があがるかもしれない。

「それは……」

お高は唇をかんだ。

そもそも、作太郎が収まるところに収まらないからいけない。ちゃんとおりょうといっしょになって、ふたりで店を守《も》り立てていくのが筋だ。

正論である。お高だって、自分が部外者だったらそう思う。

だが、それは困る。大いに困る。

お高はややっこしい、面倒なところに足を踏み入れてしまっているらしい。

数日後、もへじから絵が描きあがったという連絡が来た。

「ねぇ、いっしょに見に行こうよ」

お近が誘う。

「いいの？」

お高はたずねた。最初は自分だけで見たいのではないかと思ったのだ。

「もちろん。すごく、きれいに出来たっていうから、ふたりにも見てもらいたい」

お近ははしゃいだ声を出した。

「よし、じゃあ、お近ちゃんの晴れ姿を拝ませてもらいに行こうか」

お栄もうれしそうな顔になる。三人で手土産《てみやげ》を持って、双鷗画塾に向かった。

裏口から入ってもへじを呼んでもらう。

「あれれ、三人ご一緒でしたか。わざわざ、すみません。こっちへどうぞ」

もへじはこそこそとお高とお栄、お近を奥の板の間に案内する。

「ほら、あの絵は内職だからね、あんまり大っぴらにはできないんですよ。あ、でも、ここは大丈夫」

西向きで高いところに窓がある。西日がまぶしいので絵を描くのには向かないと、いつも空いている。もへじは棚から大事そうに絵を抱えて来た。

「じゃあ、見せるからね。はい、どうぞ」

薄紙をとった。

「え、これ？」

お近がつぶやいた。

「あれ、まぁ」

お栄が口ごもる。

「こういうふうになるんですか？」

お高もたずねた。

小豆色の着物に緑色の帯、流行りの髪に結った女が手にした羽子板《はごいた》で羽根をついている。着物の打ち合わせの間から水色の見返しと紅色の長襦袢がのぞいて華やかな色合いだ。あのとき、羽子板などどこにもなかったが、手を上げた姿は描いていた。正月だから羽子板を持たせたのか。

まあ、それはよい。

問題は女の顔だ。

すっと細筆で描いたような三日月の眉。細い目、小さな口。よくある女絵の顔である。

美人だ。

だが、お近らしいところはひとつもない。

どこにもお近はいない。

「これが、あたし？」

お近は泣きそうな顔になった。

「ううん、そうだねぇ。でも、浮世絵っていうのはこういう顔に決まっているんだよ」

もへじが困り顔で弁解した。

「でも、ほら、胴体のほうはお近だよ。柳腰《やなぎごし》じゃないか」

お栄が取りなす。

「そうだけど……。見た人はあたしだって、分からないよ」

お近の目に涙がたまっている。

「ああ、そういうのとはちょっと違ってさ」

もへじはますます困っている。

「だからね、絵にはいろいろ決まりごとがあるのよ。もへじさんも手本だって言ったでしょ。だけど、お近ちゃんじゃないと、この絵が描けなかったの。きれいな絵になって、炭屋さんも喜んでくれたんじゃないかしら」

お高がなだめる。

「そうそう、そうですよ。そりゃあ、もう、間に入った版元も、注文主の炭屋さんも、正月らしくていいねぇって言ってくれた」

どうも話がかみ合わないが、ともかく、お近が納得した様子になったので双鷗画塾を出た。

灰色の雲が空を覆い、木枯らしが落葉を吹き飛ばしていく。人々は首をすくめ、背中を丸め、みな寒そうに歩いていた。

「ちょっと、お茶でも飲みましょうか」

お高はふたりを水茶屋に誘った。床几《しょうぎ》に腰をおろして、熱い茶と蒸したての団子を頼む。いつもならまっさきに団子に手を出すお近が皿をにらんでだまっている。

「しかし、ああいう絵になるとは思わなかったねぇ」

お栄がしみじみとした調子でつぶやいた。

「そうねぇ。絵描きさんって、ああいうふうに描くものなのね。ひとつ、勉強になったわ」

お高も続ける。

「だったら、最初からそう言ってくれたらいいのに」

お近が低い声でつぶやいた。

「もへじさんはそのつもりだったんでしょ。でも、ほら、私たちは絵のことを知らないから、勝手にいろいろ考えちゃったのよ」

お高はなぐさめた。

「さ、あんたも食べなよ。おいしいよ」

お栄はお近に団子をすすめた。

「ねぇ、なんで、もへじさんはあたしに声をかけたと思う？」

やっと団子に手を出したお近は真顔でたずねた。

「それは、絵の手本にぴったりだったからでしょ。若くて、かわいらしくて、ほっそりしていて、動きもきれいだから」

お高が言うと、隣でお栄も「そうだ、そうだ」とうなずく。

「たまたま、あたしが近くにいて、誘いやすかったからじゃないの？」

「まあ、そういうところもあるかもしれないけどね」

お栄が言う。

「声をかけやすいっていうのは悪いことじゃないでしょ。気にしてもらっているんだから」

お高も続ける。

「前に政次さんに言われたんだ。あたしは、誘いやすい女なんだって。いっしょにいて、ちょっと楽しくて、あんまり難しいことを言わなくて、面倒くさくない」

お近が鼻をすすりながら言った。

「それのどこが悪いんだい？」

お栄が言う。

「だからね、誘いやすいっていうのは、ちょっかいを出しやすい、軽い女なんだってことだよ。お手軽なんだ。だから、ほかに気になる子ができたら、またそっちに行っちゃう。剛太《ごうた》も仲良くしてくれたけど、それだけだ。すぐ気が変わった」

また、政次はよけいなことを。

お高は内心腹を立てた。

剛太とお近は一時、ずいぶん仲良くしていたが、おかねという幼なじみが登場して、うまくいかなくなった。すぐに立ち直ったように見えたが、お近は内心、傷ついていたのだ。

「まあ、もへじさんは大人だからね、お近のことはかわいい妹みたいに思っているんじゃないのかねぇ。大丈夫、大事に思ってくれてるよ」

お栄が請《う》け合う。

「そうよ。お近ちゃんが今度の絵の手本にぴったりで、いい絵に仕上がると思ったから声をかけたのよ。もへじさんは本物の絵描きさんだもの。お手軽なんて思っていないわよ」

お高も言葉に力を込める。

「うん、そうだよね」

お近はうなずく。

「そうだよ。今度、なんかおいしいもの、ごちそうしてもらいな」

お栄が言って、やっとお近に笑顔が戻った。

ふわふわとどこか頼りなく、そのくせ時には抜け目なく、「金を持ってない男は嫌」などと言うお近だが、ほんとうは繊細《せんさい》で傷つきやすい娘なのだ。


お近とお栄と別れ、お高はひとりで店に戻った。

店の脇に人の姿がある。壁に寄りかかって、うつむいて、足元には長い影が伸びている。秋作だった。

「どうしたの？　こんなところで」

「ああ、お高さん。すみません。考えごとをしていたら、なぜか自然に足がこっちに向いてしまったんです」

帰ってくるのをずっと待っていたのかもしれない。秋作の顔は寒さで赤く染まっていた。

「分かったわ。そんなところにいたら風邪《かぜ》をひいちゃう。いいから、入りなさい」

店に招《しょう》じ入れると、床几に腰かけさせた。風はないものの、火の気のない店の中は寒い。ぬくもりのわずかに残っている土瓶の湯をすすめた。

「今、湯をわかすからちょっと待っててね。火鉢にも炭を入れるから」

お高があわただしく動くのを、秋作はぼんやりとながめている。気の回る男だから、いつもだったら「おかまいなく」ぐらい言うだろう。

「ねぇ、どうしたの？　どこか悪いの？」

お高はたずねた。

「悪くないです」

「今まで、もへじさんと一緒にいたんだけど、絵を全然描いてないって心配していたわよ」

「そうですか……」

そう言って、うつむく。

これは時間がかかりそうだ。

「今、火を入れたから厨房のほうがまだ少し暖かいの。こっちで話しましょう」

秋作を誘った。

お高は秋作がしゃべりだすのを待った。

秋作はうつむいたまま、体を石のように硬くしている。かまどの小さな火は大きくなって、水をはった土瓶が温まり、静かな部屋にふつふつという音が聞こえてくるようになった。

「友助と千代さんのことなんですけど」

秋作は消えてしまうような小さな声でつぶやいた。

「はい」

「私はとうとう自分の気持ちが抑えられなくなって、千代さんに文を書いてしまいました」

「……どんな文を？」

「ですから、今までの文は友助に頼まれて自分が書いていた。文を書いているうちに私は千代さんが好きになってしまった」

「その文を千代さんに届けたの？」

「はい」

また、友助はだまった。

「でも、それじゃあ、友助さんを裏切ることにならない？」

お高は友助を責める調子にならないようにたずねた。

「そうですね。裏切ることになります」

「困ったわねぇ」

「そうです。とんでもないことをしてしまいました」

友助は秋作を本当の友と思っていたから、大切な想いを打ち明けて、力を貸してくれと頼んだ。

「でも、どうしても、自分の気持ちを抑えきれなかったんです。それまでは、絶対にやってはいけないと思っていました。だから、一所懸命、今、自分のやるべきことを、つまり、課題の絵を描こうと思っていました。でも、描けないんです。筆をとると、千代さんのことが頭に浮かんでくる。友助が心配して、どうしたんだと聞いてくれました。私はなんでもないと答えました。そのうちに、先生方にも気づかれて……。どうして描かないんだ、もう、試験は間近だぞ。今度は失敗できないぞと言われて……。その間にも、友助から千代さんに送る文を頼まれて……。もう、何が何だか分からなくなってしまった」

「それで、千代さんから文の返事は来たの？」

「会いたいと言ってきました。私に伝えたいことがあるそうです」

「いいお話じゃなさそうね」

「そう思います」

「いっそ、行くのをやめたら？　そのほうがお互いに気まずい思いをしなくて、いいんじゃないの」

「でも、それじゃあ……、私は弱虫になります」

「だって、あなたは、もう十分に弱虫じゃないの」

思わず言ってしまった。

秋作ははっとしたように顔を上げた。

「私はあなたの味方になってくれると思った？　そうはいかないでしょ。甘ったれちゃだめよ。友助さんの気持ちを考えたことある？　千代さんだって悲しんでいるわよ」

お高はぴしりと言った。

秋作は人なつっこい。甘え上手で、なにかを人に頼むのが上手だ。お高も秋作に請われて、双鷗の食事の手伝いをするようになった。最初は、料理を教えるだけだったはずが、包丁を握ったこともないと言われてお高がつくることになった。

今度はお高に仲裁を頼むつもりだったのだろうか。

「分かりました。頼るのが間違いでした」

「そうね。ご自分のしたことなんだから、ちゃんと結果も受け止めたほうがいいわ」

お高は秋作を突き放した。

秋作は背中を丸め、足を引きずるようにして出ていった。

かわいそうだが、しかたがない。

そう思った。

三

その晩、遅く、戸をたたく者があった。

開けると、作太郎ともへじだった。

「夜遅くに申し訳ありません。こちらに、秋作が来ていないでしょうか」

作太郎がひどく焦《あせ》った様子で早口に告げた。

「秋作さん？　夕刻、こちらに来ましたけれど、しばらく私と話をしましたが、女の方に会うと言って出かけていきました。秋作さんに何かあったんですか？」

嫌な予感がしてお高はたずねた。

「姿が見えないので、今、みんなで手分けをして探しているところです。じつは、あの男はちょっとしたもめごとを起こしましてね。横恋慕《よこれんぼ》っていうか、そのぉ……」

もへじが言葉をにごす。

「聞いています。友達の代筆をしていて、そのお嬢さんを好きになってしまったんでしょう。あら、どうしよう。私、さっきはかなり厳しいことを言ってしまったんです」

作太郎は苦く笑った。

「しかたないですよ。あいつが悪いんだから」

「私もいっしょに探します。ほかに、秋作さんの行きそうな場所は分かっているんですか？」

お高はたずねた。

「塾生はあまり外出《そとで》をしないんですよ。ほとんどの時間、絵を描いていますから。風呂に行くか、ちょっとした買い物。そうした場所はもう、みんな探した。以前、お高さんのところに相談に行ったという話を思い出して、来てみたんですよ」

　もへじが答えた。

　月のない暗い夜で、それぞれが手にする提灯《ちょうちん》が足元を照らしている。風が木の枝を揺らす音が響いていた。

「晩飯のとき、秋作はいなかった。けれど、絵に夢中になって飯を食いはぐれる者もないわけじゃないから、あまりみんな深刻に考えていなかった。だけど、その後、友助のところに千代さんから包みが届けられた。友助が今までに届けた文や絵が全部。ご縁がなかったとお思いくださいという添え書きがあった。それで、友助があわてた。千代さんのところに行き、事情を確かめて仔細《しさい》が分かった」

　作太郎は悲痛な顔をしている。その息が白い。

「友助が秋作を探したが、行方が分からない。まあ、どうせ、どこかでしょげているんだろうけど、やけになって酔っ払い相手にけんかでもされたらことだから。丸九で泣いているんじゃないかと思ったが、はずれかぁ」

　もへじが大きな声を出した。

「塾に戻っているってことはないですか？　台所の隅《すみ》とか」

　お高が言った。

「腹を減らして、忍び込むか……。この時間だとお豊さんも帰ってしまったから、だれもいない。この寒さじゃ、そう長く外にはいられないし。よし、一度、戻ってみるか」

もへじが大きくうなずく。

「お高さん、ありがとうございました。大丈夫ですよ。秋作のことだ。どうせ、たいしたことはできない。きっと、今ごろ台所で夕飯の残りをあさっているか、押入れの中ですねているか、どっちかだ。作太郎も、そう思うだろ」

悲痛な面持《おもも》ちでいる作太郎を連れて双鷗画塾に戻っていった。

お高も店に戻り、裏口の戸を開けようとした。おやと思った。わずかに開いている。

さっき、たしかに閉めたはずだ。

耳をすますと、人の気配がする。路地に打ち捨ててある木の枝を握る。思いきって戸を開けた。

大声で怒鳴った。

「だれか、いるの？　人を呼ぶわよ」

厨房の隅にうずくまっている者がいる。

「すみません。私です。秋作です」

か細い声がした。

腹をすかしていると言うので、お高は秋作に握り飯を食わせた。

「お高さんの言う通りでした。私は友を裏切った」

秋作は泣きながら、握り飯を飲み込んだ。

――では、あなたたちは、私の返事をおふたりでお読みになったんですね。そうして、私のことを笑ったんでしょう。私は友助さんの文に真心があると思っていました。けれど、それは偽りでした。裏切りです。私の気持ちを弄《もてあそ》んだ。こんなに恥ずかしい思いをしたことは、ありません。

「金輪際《こんりんざい》、友助とも会わない、今までのことはなかったことにしたいと告げられました。私は、どうしていいのか分からなくなった」

「それで、今までどこにいたの？」

「あちこち歩きまわって、そのうち、寒くて足も痛くなって……」

秋作は茶を飲んだ。寒さで赤くなった顔には涙のあとがある。ずいぶんと幼く見えた。

「そんなに食べたり、飲んだりできるんだったら大丈夫よ。私がいっしょについていくから、双鷗画塾に戻りましょう。それで、友助さんや、心配してくれたほかの方にもちゃんとあやまる」

「はい」

秋作が寒そうにしているので、お高は自分の襟巻《えりまき》を貸し、双鷗画塾に向かった。

お高が提灯を持ち、その後ろを秋作が肩をすぼめてついてくる。

そういえば、ずっと以前にも、こんなふうにあやまりに行ったことがある。時刻は夕方を過ぎたぐらいだったが、子供心に真夜中のように感じた。政次だったか、草介だったか、柿《かき》の実を取ろうとして塀を壊したときだ。

双鷗画塾は遠目でも分かるほど、煌々《こうこう》と明かりがついていた。

「見てごらんなさい。あなたのことを、みんな、心配しているのよ。寒いなか、探してくれているんだから」

お高は言わずもがなの説教をしてしまう。

「申し訳ないと思っています」

秋作はまた、頭を下げた。

帰りは作太郎が送ってくれた。

「秋作が迷惑をかけてすみませんでした」

「いいんですよ。丸九に来るという予想は大当たりでしたね」

「ええ」

「泣きながら握り飯を食べてお茶を飲んだんですよ。だから、秋作さんの気持ちは整理がついているんじゃないかしら。やってしまったことはしかたがないけれど、それは、後のことだから……」

お高は明るい声を出した。

「そうですね」

作太郎はなにか思っているふうだった。

一件落着というのに、どこか沈んだ感じがした。

空は暗く、星もなく、家々の明かりは消えて、ふたつの提灯の明かりだけが足元を照らしている。

「以前、死んだ者がいたんです」

唐突に作太郎が言った。

「死んだ？」

お高ははっとした。

「森三《もりぞう》という西国《さいごく》の医者の家の三男坊で、子供のように無垢《むく》な魂とすばらしい画才を持った男でした。森三ともへじと私はいつもいっしょでした。私は森三を敬愛し、彼の絵に学んだ。今、森三は谷中《やなか》の浄光寺《じょうこうじ》に葬《ほうむ》られています。あの涅《ね》槃図《はんず》は森三の絶筆《ぜっぴつ》です」

「あの絵を描いた方ですね」

夏に、お高はお栄やお近といっしょに浄光寺をたずねて、涅槃図を見た。

涅槃図は釈迦《しゃか》の入滅《にゅうめつ》を描いた図だ。中央に釈迦が横たわり、その周りに弟子や動物たちが集まって嘆き悲しんでいる。以前、お高が見た別の涅槃図は悲しい、淋しいという感じはあまりしなかった。釈迦の肉体は滅んでも、魂は滅びない。仏となって永遠に生きつづけるという意味があるからかもしれない。

だが、その涅槃図はひどく淋しかった。

びょうびょうと冷たい風が吹き、粉雪が舞っている。

弟子たちは萩《はぎ》や女郎花《おみなえし》、牡丹に桜とさまざまな花の姿で表されている。その花は散り、葉は枯れ、つぼみは固いまま首を垂れている。灌木《かんぼく》は風になぎ倒され、地面に伏した草は枯れてねじれている。画面の脇に描かれた木々は枯れ枝で、釈迦を表した松もひび割れている。

世界のすべてが滅んでしまうようだった。

絶望というものを絵にしたら、こんなふうになるかもしれないと思った。

「森三はおりょうが好きだった。私におりょうとはどういう間柄かとたずねた。だから、私は答えた。おりょうは許嫁《いいなずけ》という名目で、同じ家で育てられた妹のようなものだ。私はいずれ英とは縁を切り、絵描きとして立つつもりでいる。おりょうもそのことを納得し、自分が英を守ると言ってくれた。だから、私に代わって、おりょうを支えてほしいと」

お高の鼓動が速くなった。

「では、どうして……」

森三は命を絶ったのかという言葉を飲み込んだ。

「姉が反対したんです。それでは、英の血を引く者がいなくなる。他人に譲ることになる。どうしても、私とおりょうはいっしょにならなければならないと。森三は怒った。私に裏切られたと言った」

「本当に……」

それだけなのか。

お高は、また言葉を飲み込んだ。

秋作の一件では千代は怒り、絶交を告げた。友助も裏切られたと思ったことだろう。ふたりは傷つき、怒り、悲しんだ。だが、命を絶とうとまでは思い詰めることはないだろう。だのに、なぜ。森三はなぜ命を絶ったのだ。

いったい、何があったのか。

提灯の明かりが届かない先は暗い闇《やみ》だ。前も後ろも、天も地も漆黒《しっこく》の闇に包まれている。耳をすませても、ふたりの足音しか聞こえない。

出口のない、深い森の中に迷い込んでしまったような気がした。

――英からも、一番大事な友達からも、とうとう絵からも逃げ出した。

猪根の言葉が思い出された。

「秋作が消えた理由を知ったとき、私は森三のことを思い出した。おそらく、もへじも。双鷗先生も顔色を変えて、すぐ探せと言った。私たちは歩きながら、秋作のことだ、大丈夫だ、すぐ、戻って来る、そう言い合った。だけど、怖かった。私は森三の最期の顔を思い出してしまった」

それきり作太郎はだまった。

お高は振り向いた。

作太郎は肩をふるわせ、天をあおぎ、慟哭《どうこく》していた。

「どうしたんですか。しっかりしてください。作太郎さん」

お高は作太郎の肩をゆすった。

作太郎はお高にしがみつき、次の瞬間、くずれるように膝《ひざ》をついた。

両手で地面をたたき、咆哮《ほうこう》した。

「大事な友を、森三を死なせてしまった。あんな淋しい絵を描かせて、たったひとりで旅立たせた。私もいっしょに死ねばよかった」

途中で声がかすれ、消えそうになった。

「落ち着いてください。大丈夫ですから。丸九はもうすぐです。戻って、温かいお茶でも飲みましょう。そうすれば、気持ちが落ち着きます」

お高は作太郎をなだめ、立ち上がらせ、抱きかかえるようにして店に戻った。

厨房の床几《しょうぎ》に座らせ、急いで明かりを灯《とも》し、かまどに火を入れ、くみおきの水をすすめた。

部屋はなかなか暖まらなかった。

作太郎は子供のように身を縮《ちぢ》めて震えていた。

ようやく赤い炎が見えて、人心地がついた。

「少し、なにか召し上がりますか？　梅干し握りとか。さっき、秋作さんも食べたんですよ」

お高が言うと、やっと少し作太郎に笑顔が戻った。

「暗闇はよくないですね。知っている道なのに、全然違う場所のようでした。鼻をつままれても分からないっていうのは、ああいうことを言うのでしょうね」

お高は明るい声を出した。

「すみません。恥ずかしいところをお見せしました。もう、大丈夫です。ありがとうございました。つい、昔のことをいろいろ、思い出してしまった。今日のことは、忘れてください」

作太郎はかるく頭を下げると、立ち上がった。

「帰るんですか？　この真っ暗闇の中を？」

お高はたずねた。夜はさらに深くなっている。

「いえ、でも」

なおも帰ろうとする。

背を向け、足を踏み出そうとした。その袖をつかんだ。

「ね、花札をしませんか？」

振り向いた作太郎は眉根をよせて、不思議そうな顔をしている。

「こいこいは、知っているでしょ。私、強いんですよ」

お高は棚の奥から札を取り出した。

短い間があった。

だが、次の瞬間、作太郎は子供のような笑みを浮かべた。

「やりましょう。ああ、だけど、ずいぶん久しぶりだ。覚えているかな」

「大丈夫。少しやれば思い出しますよ。何を賭《か》けます？」

「賭けるんですか？」

「当たり前です。賭けなかったら本気になりません。こいこいは遊びじゃあ、ないんです」

「わかりました。じゃあ、おあしです。本気の博打《ばくち》だ」

一点一文《いちもん》ということにした。

向かい合って座り、最初はお高が親になって手札を配った。作太郎の手は、まだ少し震えていた。お高にも、作太郎の袖の感触が残っている。

「手札はそれぞれ八枚、場にも八枚。残りは山札なので裏を向けて積んでおきます。私が先に手札一枚を場に出して、同じ月の札があれば合札。なければ、捨て札になります」

「ああ、思い出してきた。そうやって、役をつくるんだ」

「そうですよ」

話しながら、お高は頭の隅でさまざまなことを考えている。

森三はおりょうを好いていたという。おりょうの気持ちはどうだったのだろう。作太郎に向いていたのではないだろうか。

作太郎は五歳で生みの親と離れて英に来たという。おりょうも許嫁として、親と別れて英に来た。似た境遇で、心が通じたのではないか。

妹と言ったけれど、本当にそれだけだろうか。

両想いであっても不思議ではない。

もちろん、それだってかまわない。過ぎたことだと互いに納得しているのなら。

そこは、どうなのだ。

おりょうが英から出ないというのは、まだ、気持ちがあるからではないのか。

そもそも、おりょうはどういう人なのだ。どういう経緯で英に来たのか。

つまり、森三を追い詰め、作太郎に筆をとらせないほど苦しめた理由とは、いったい、何なのだ。

ぐるぐると思いが空回りして苦しくなった。

「よし、猪鹿蝶《いのしかちょう》だ」

「そうはさせない。こっちは青短《あおたん》。ほら、もう一枚」

「なにを、ちょこざい」

勝負に夢中になっているように見えるが、きっと作太郎の頭の中でも、さまざまな思いが去来《きょらい》しているにちがいない。

それでも、勝った負けたと騒いでいるうちに、迷いは薄らいでいった。どれだけ勝負を重ねただろうか。

「少し、休みましょう。お茶をいれます」

お高は言った。

「つい熱くなってしまったな」

作太郎は答えた。穏やかないい顔をしていた。ふたりで熱いほうじ茶を飲んでいたら、どこかで鳥の声が聞こえた。

「いやだ。もう朝ですよ」

お高は笑いだした。

「しまった。朝帰りだ。もへじに何と言おう」

作太郎はとびあがった。

「私だって。お栄さんやお近ちゃんに見つかったら、大ごとだわ」

「いっそ、見つかったら面白いじゃないか。次からは堂々と来られる。ここはご法度《はっと》の賭《と》場《ば》だ」

「やめてください」

じゃれるように大きな声で笑い合う。

戸を開けると、外は濃い霧だった。その霧の中に作太郎を送り出す。

後ろ姿が消えると、お高は急に甘やかな疲れを感じて床几に腰をかけた。体の芯《しん》のほうがしびれているような感じがした。

つい、さっきまで、そこに作太郎が座っていたのだ。そうして、ふたりで笑っていた。

それはふたりのひみつだ。

「ひめごと」

お高は口に出して言ってみた。飴玉《あめだま》のように口の中で転がすと、ゆっくりと溶けて、お高の体と心を満たしていった。

「昨日、だれか、来たんですか？　部屋が暖かいですよ」

戸を開けたお栄は開口一番、たずねた。

「ああ、秋作さんよ。寮を抜け出して、大変だったの。ここに逃げて来たから、送り届けたのよ」

お高は答えた。

「それだけ？　なんか匂いがね、いつもと違うんですよ」

「ああ、だからね。秋作さんを探しに、もへじさんと作太郎さんが顔を出してね」

お高は言い訳をする。

「ああ、なるほどね。まぁ、いいですけどね。あたしは、どっちでも」

お栄が妙な目つきをしてうなずく。そのとき、お近が元気よく入って来た。

「ねぇねぇ、昨日さ、夜中に外で騒いだやつがいたらしいよ。角のおじさんが言ってた」

「騒いだってのは酔っ払いかい？」

「そうじゃないのかなぁ。男が泣き叫んでいたんだってさ」

「ふうん。このあたりも物騒《ぶっそう》になったねぇ」

「さあ、話をしていないで仕事にかかってちょうだい。忙しいんだから」

お高はふたりをせかす。

井戸端で大根を洗っていると、ふいに涙が出てきた。

うれしいのか、恋しいのか、淋しいのか。その全部か。

お高は背筋を伸ばし、力を込めて大根を洗った。冷たい水でたちまち指先はかじかんで赤く染まった。その手がつかむ大根は、朝の光にまぶしいほど白く輝いている。

今日のお膳はどうしよう。

そうだ。せいごはみそだれをのせて香ばしく焼く。大根は昆布とかつお節のだしで煮て、味をふくませる。みそ汁は揚げとかぶの葉……。

頭の中ですばやく仕事の段取りをする。

お高はもう、いつものおかみの顔になっていた。

お蔦《つた》も喜ぶ　栗《くり》の渋皮《しぶかわ》煮《に》

外の固い皮を鬼皮、中の薄茶の皮を渋皮といいます。
アクを抜くことで、雑味が抜けておいしくなります。

【材　料】栗……1kg
砂糖……400〜500g
（好みで）醤油……大さじ1
重曹……小さじ2

【作り方】1　栗は熱湯につけ、そのまま冷ます。常温まで冷めるころには皮がある程度柔らかくなるので、底のざらざらした部分を包丁でけずる。
2　鍋に栗がかぶるくらいの水を入れて一度沸騰させ、冷めたら渋皮を傷つけないように、けずった部分を手がかりに鬼皮をむく。
3　ふたたび鍋に栗とかぶるくらいの水を入れ、重曹を加え、1時間ほど、栗に竹ぐしが通るくらいまで煮る。湯が少なくなったらその都度足す。

お高の料理指南

4　湯を捨てて栗を新しい水に入れ、渋皮に残っている大きな筋は竹ぐしで、細い筋は手でこすって取る。

5　栗をかぶるくらいの水で煮る。沸騰したら湯を捨て、また新しい水で煮る。これを2、3度繰り返すことで、アクをとっていく。

6　いよいよ味つけ。鍋に栗とかぶるくらいの水を入れ、沸騰したら砂糖の1／3量を入れ、キッチンペーパーなどの落とし蓋をして中火で煮る。水を足しながら、残りの砂糖も2、3回に分けて加え、全体で40分ほど煮る。最後に好みで醤油を加える。

＊渋皮を少しでも傷つけると、実が煮くずれてしまいます。上手に鬼皮をむくのは手間ですが、出来上がりのおいしさは格別です。

徳兵衛ごひいきの酒の肴《さかな》 雉焼《きじや》き田楽《でんがく》

江戸で人気だった料理書『豆腐百珍』に紹介されています。

【材　料】（2～4人分）

木綿豆腐……150～200g

醤油……小さじ1と1／3

つけ醤油……醤油と酒を各大さじ1／2

柚子《ゆず》の皮のすりおろし

【作り方】

1 豆腐はキッチンペーパーで包んでまな板にのせ、皿などで重しをして、厚さが2／3くらいになるまで水気をとる。

2 細長く2～4等分して竹ぐしに刺し、網にのせて両面を軽くあぶり、醤油をかける。

3 器に盛りつけ、つけ醤油と柚子皮を添える。

＊網で焼くかわりにオーブントースターで軽くあぶってもいいですね。

作太郎に食べさせたい　柚子釜蒸し《ゆずがまむ》

柚子の香りとともに、ぷりぷりとして濃厚な白子を味わいます。

【材　料】（4人分）

柚子……4個
たらの白子……100〜150g
塩……小さじ1／2
ほうれん草の葉先……1束
ゆり根……1個分

（八方だし）
だし……2カップ
薄くち醤油……大さじ1
みりん……大さじ1
塩……少々

（柚子玉味噌）（玉味噌）多めに作って、大さじ4を使用
西京味噌……500g
卵黄……3個
砂糖……60g
酒、みりん……各大さじ4

柚子の皮のすりおろし……1つまみ
だし……小さじ1〜2

【作り方】

1 柚子は上1／4のところを切ってふたにし、下3／4は果肉を取り出して柚子釜にする。

2 鍋に玉味噌の材料を合わせて火にかけ、焦がさないよう、照りがでるまで練り上げる。大さじ4を取り分け、柚子の皮のすりおろしとだしを加えて混ぜる。

3 白子は水で洗って血やぬめりを落とし、塩をふって洗い、赤い筋を切り、食べやすい大きさに切る。70～80度の湯で1分ほどゆでる。ほうれん草は色よくゆで、4～5cmの長さに切る。

4 ゆり根は1片ずつはがしてゆでる。

5 鍋に八方だしの材料を煮立て、白子とほうれん草を入れてかるく煮て、そのまま少しおいて粗熱をとる。

6 柚子釜に汁気をきった白子とほうれん草、ゆり根を入れ、蒸気のあがった蒸し器で柚子の香りが立つまで1～2分蒸す。

7 器に盛りつけ、柚子玉味噌をのせ、1で切り分けておいたふたを添える。

＊玉味噌は密閉容器に入れて冷蔵庫で二か月保存できます。豆腐田楽やふろふき大根にのせてもおいしいです。

参考図書

『江戸前の素顔』藤井克彦（文藝春秋）

本書は、ハルキ文庫のために書き下ろされた作品です。

時代小説文庫
な 19-4

白子《しらこ》の柚子釜《ゆずがま》 一膳《いちぜん》めし屋《や》丸九《まるきゅう》 ㊃

著者 中島久枝《なかしまひさえ》

2020年10月18日第一刷発行

発行者 角川春樹

発行所 株式会社 角川春樹事務所
〒102-0074 東京都千代田区九段南2-1-30 イタリア文化会館

電話 03(3263)5247[編集] 03(3263)5881[営業]

印刷・製本 中央精版印刷株式会社

フォーマット・デザイン＆シンボルマーク 芦澤泰偉

ISBN978-4-7584-4367-8 C0193

http://www.kadokawaharuki.co.jp/[営業]
fanmail@kadokawaharuki.co.jp[編集] ご意見・ご感想をお寄せください。